UN
ANGE D'ITALIE

A NAPLES

UN SAINT DE FRANCE

A ROME

PAR

L'abbé Henry CALHIAT

CHANOINE HONORAIRE, MISSIONNAIRE APOSTOLIQUE
DOCTEUR EN THÉOLOGIE ET EN DROIT CANONIQUE
OFFICIER D'ACADÉMIE

TOURS

ALFRED CATTIER
ÉDITEUR

UN ANGE D'ITALIE

A NAPLES

Mort de Louise Traversa.

UN
ANGE D'ITALIE

A NAPLES

UN SAINT DE FRANCE

A ROME

PAR

L'abbé Henry CALHIAT

CHANOINE HONORAIRE, MISSIONNAIRE APOSTOLIQUE
DOCTEUR EN THÉOLOGIE ET EN DROIT CANONIQUE
OFFICIER D'ACADÉMIE

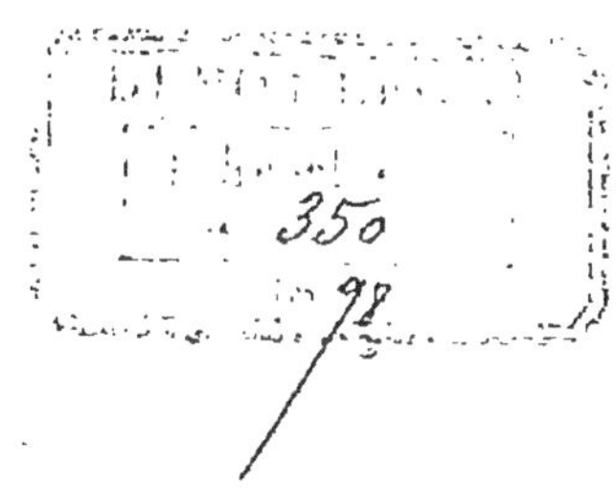

TOURS

ALFRED CATTIER
ÉDITEUR

PRÉFACE

Voici deux fleurs cueillies sur des tombeaux d'Italie.

L'une est une fleur de Virginité; l'autre, une fleur de Sainteté.

La première, qui a nom *Louise Traversa*, je l'ai trouvée à Naples, au pensionnat de *Regina Cœli* dirigé par des religieuses d'origine française; la seconde, qui s'appelle l'abbé *André Crévoulin*, je l'ai trouvée à Rome, dans la communauté de *Saint-Louis-des-Français*.

Toutes deux, on le verra, possèdent les qualités qui charment et les parfums qui embaument.

L'*Ange de Naples* comme le *Saint de*

Rome méritent les pages qui sont, dans ce modeste volume, consacrées à leur mémoire, et l'histoire de la petite fille, comme celle du vieillard octogénaire, édifiera mes lectrices et mes lecteurs.

Ce n'est que dans cet espoir et ce désir que je l'ai écrite, et je souhaite que l'un et l'autre se réalisent dans une *large mesure*.

HENRY CALHIAT.

Montauban, le 1er mars 1898.

INTRODUCTION

Dans les premiers jours du mois d'août 1891, le *Paese* de Naples portait dans ses colonnes la brève nécrologie suivante :

« Le premier août, une petite fille qui n'avait pas encore dix ans, Louise Traversa, emportée par une méningite, s'éteignait au pensionnat de *Regina Cœli*.

« Née d'une famille illustre et fortunée des Pouilles, elle paraissait destinée à goûter le nectar des joies de ce monde ; elle portait déjà sur son front l'auréole de la vertu, et la vivacité de son caractère heureux la rendait on ne peut plus gracieuse et sympathique.

« Ni les remèdes de la science, ni les soins maternels des sœurs du pensionnat, n'ont pu arrêter le mal inexorable, et cette charmante enfant, au regard expressif et pénétrant, à

l'intelligence précoce, aux sentiments déli-
cats, a été cruellement enlevée à l'affection des
siens.

« Idolâtrée de ses parents et de ses compagnes, qui l'ont accompagnée à sa dernière
demeure, elle a laissé, dans le cœur de tous,
des regrets profondément sentis.

« Heureuse es-tu, Louise ! car la vie a été
pour toi un rêve, un rêve doré par un riant
matin d'avril !

« Heureuse es-tu ! car les désenchante-
ments et les douleurs de l'existence n'ont
jamais effleuré ton âme ingénue, ni frôlé ton
cœur virginal !

« Naples, août 1891. Cosentini. »

Nous lisons, tous les jours, à la troisième
page des journaux, des notices nécrologiques,
et d'ordinaire nous en sommes peu émus.
Pourquoi le serions-nous ? La mort est la
grande loi de l'humanité. Le trépas est le
tunnel que nous devons tous traverser pour
arriver à la lumière du jour, au soleil de la
vraie vie. Le cimetière est la *frontière* que

nous devons passer, un jour ou l'autre, pour parvenir dans notre patrie.

Par conséquent, pourquoi serions-nous touchés de la disparition d'un être mortel, surtout quand nous ne l'avons pas connu ? Dans les grandes villes on voit tous les jours des morts s'en aller au champ du repos, pour s'emparer de leur dernier gîte. A Naples surtout, on trouve à tout instant, dans les rues, des convois funèbres, et personne ne s'arrête pour les voir défiler. Le passant distrait ou préoccupé n'accorde un regard d'intérêt ou de curiosité qu'aux chars qui sont traînés par quatre, six ou huit chevaux magnifiquement caparaçonnés et superbement empanachés.

Le lecteur n'agit pas autrement quand il découvre dans son journal une notice nécrologique : il ne regarde pas ou il lit indifféremment les lignes consacrées à la mémoire du pauvre défunt.

Il est des cas, cependant, où il se sent remué par l'annonce d'une mort. C'est quand il s'agit d'une jeune existence brutalement tranchée au matin de la vie, et son émotion devient plus profonde quand il n'est pas tout à fait étranger pour la famille qui pleure sur un membre disparu.

Tel est le cas dans lequel je me suis trouvé au mois d'août 1891.

Je suis arrivé au monastère de *Regina Cœli* dans les premiers jours de ce mois, et j'ai vu la communauté en deuil. Religieuses et enfants, maîtresses et élèves, tout le monde était triste de la mort de Louise Traversa.

On avait beaucoup pleuré sur elle, au jour de ses funérailles, et il y avait encore des larmes dans les yeux et la voix de ses compagnes, qui parlaient d'elle avec tendresse et admiration.

Je les interrogeai toutes, les grandes et les petites, et toutes furent unanimes à célébrer les louanges de ce petit ange qui venait de les quitter pour une vie meilleure.

Elles comprirent que je prenais une large part à la perte douloureuse qu'elles venaient de faire, que je compatissais au poignant malheur qui venait de les frapper, et, comme je leur avais raconté des histoires palpitantes et

tragiques qui les avaient tour à tour intéres-
sées et émues, il vint à l'esprit de quelques-
unes de me demander si je ne voudrais pas
écrire l'*histoire* de leur petite sœur *envolée*
depuis peu vers le ciel.

Elles auraient plaisir, disaient-elles, à lire

Anges montant au ciel.

dans leurs classes le portrait fait par une
plume française de cette âme d'enfant, de
cette *âmette* qu'elles avaient beaucoup aimée
et qu'elles regrettaient encore davantage.

Elles avaient eu soin auparavant de prendre
conseil auprès de leur excellente supérieure, et

c'est par elle qu'elles firent passer leur requête.

Pouvais-je résister à la prière de *l'Inno-cence* présentée par *l'Autorité?* — Non.

D'ailleurs, j'avais trouvé charmant le récit que j'avais entendu des mérites naissants et des vertus précoces de Louise, et c'est avec plaisir que je répondis « oui » à la demande des élèves de *Regina Cœli.*

Mais comment raconter la vie de quelqu'un qui n'a, pour ainsi dire, *pas vécu?* Que dire d'une fillette qui n'a pas fait dix pas encore sur la route de la destinée? Quel écrivain a jamais pris la plume pour narrer l'histoire d'une étoile filante qui, par un beau soir du mois d'août, passe rapide comme une flèche dans l'azur du ciel et va s'éteindre dans les pénombres de l'horizon ? On ne décrit pas davantage l'existence de *l'éphémère ;* d'ail-leurs, l'histoire de cette fleur, — et c'est-là ce qui sans doute fait son bonheur et sa poésie, — consiste à n'avoir pas d'histoire.

Arrêté par ces pensées, je répondis aux jeunes pensionnaires qui m'avaient interpellé que j'accéderais volontiers à leur désir, mais

à une condition : c'est qu'elles voudraient bien
me donner elles-mêmes les documents du travail dont elles étaient venues en quelque sorte
m'apporter la *commande*. Elles y consentirent,
et, quelques jours après, elles m'apportèrent
aimablement les notes qu'elles avaient, avec
un pieux empressement, rédigées sur leur
petite amie. Ces notes feront le *fond* du récit
qu'on va lire. — A Naples j'ai reçu mon
canevas des compagnes mêmes de mon
héroïne, et en France, je n'ai plus qu'à faire
une simple *broderie* sur ce canevas.

De la sorte, — je me fais un devoir de le
déclarer dans cette introduction, — les élèves
de *Regina Cœli* sont devenues mes *collabora-
trices* dans l'œuvre que voici, et pour cela j'ai
voulu un instant intituler cette œuvre : *Histoire
d'une petite fille racontée par ses compagnes ;*
mais ce titre était un peu long, j'ai dû l'aban-
donner, car les titres longs *me font peur*
comme les longs ouvrages. J'ai donc eu, — et
je m'en félicite, — pour cette histoire d'enfant
la collaboration enfantine du pensionnat pour
lequel j'ai pris la plume. Aussi j'espère que

les pensionnaires de *Regina Cœli* seront doublement heureuses de posséder ce petit livre. Elles le seront doublement, parce qu'elles pourront dire : « Ce petit livre est d'abord *écrit pour nous*, et puis il est *écrit par nous*. C'est nous qui l'avons *fait faire*. C'est nous qui l'avons *fait !* »

En parlant ainsi, elles seront dans le vrai ; ou plutôt voici la vérité : sous l'inspiration de *Regina Cœli*, ce petit livre s'est fait tout seul ; je n'ai eu, pour le composer, qu'à laisser courir ma plume, au souvenir des récits que m'ont faits les élèves de la maison et sous l'impression des documents qu'elles m'ont donnés.

Le vent qui passe sur un peuple de roseaux ou une forêt de hêtres ne produirait aucune harmonie caressante pour l'oreille s'il ne rencontrait pas sur sa route des feuilles et des branches pour le faire chanter.

Si, dans les pages qui suivent, mon âme chante parfois, c'est qu'elle a rencontré dans cette histoire des éléments d'enthousiasme qui l'ont rendue vibrante.

UN ANGE D'ITALIE
A NAPLES

LOUISE TRAVERSA
Élève de *Regina Cœli*

I

REGINA CŒLI

Regina Cœli est le cadre principal de l'existence éphémère que j'ai à raconter ; il est bon de le faire connaître.

C'est un ancien monastère de chanoinesses du Latran qui, en 1810, fut donné par Joachim, Murat à la mère Thouret, fondatrice des *Filles de la Charité sous la protection de saint Vincent de Paul*, à la condition qu'elle voudrait bien, avec ses sœurs, prendre soin des huit cents malades de l'hôpital des *incurables* annexé à la maison.

La condition fut acceptée, et cette sainte femme, qui venait de créer à Besançon cet institut nouveau, partit de France, avec sept de ses compagnes comme elle généreuses, pour se rendre à l'appel du nouveau roi de Naples.

Le prince français ne sut pas garder son sceptre, car, en 1814, il était détrôné. Mais la Mère Thouret sut garder le sien. Elle est morte

Oratoire du monastère.

à son poste, en 1826, entourée d'une réputation de sainte que son histoire fera mieux connaître[1] ; et ses filles font revivre à ce poste même, pour la gloire de Dieu et de l'Eglise, ses œuvres de zèle et d'apostolat.

[1] *La Mère Thouret*, par l'auteur, 1 vol. in-8. Rome, imprimerie du Vatican, 1892.

Le monastère de *Regina Cœli* n'est plus, depuis déjà longtemps, la *maison mère* des Sœurs de la Charité, puisque c'est à Rome que réside maintenant, par ordre du Pape, la supérieure générale de leur congrégation. Mais il garde, malgré tout, si je puis parler ainsi, la physionomie d'une *maison généralice*, grâce à l'ensemble et à la beauté de ses constructions. Il est d'ailleurs toutefois le siège d'une province, d'un noviciat, d'un pensionnat de demoiselles et d'un asile d'enfants.

Hâtons-nous de dire que ces quatre œuvres marchent de front sans se heurter ni se gêner nullement. Chacune a sa place et sa sphère, et c'est plaisir de voir comme, sous l'autorité d'une seule supérieure, qui est la *provinciale*, tous les services s'harmonisent dans une parfaite régularité.

Mais aussi la maison est si grande, si vaste, et puis si habilement disposée, si bien divisée ! D'abord, quand on est entré, on se croirait transporté dans une solitude profonde, dans une vraie Thébaïde. Les rumeurs et les cris de la rue, — et Dieu sait si, à Naples, les rues sont bruyantes et le jour et la nuit. — n'arrivent pas dans l'enceinte du couvent.

Quand on a franchi le vestibule et la porte, on se trouve en face d'un magnifique préau planté d'oliviers, d'orangers, de citronniers, de figuiers et de vignes. C'est l'image de l'*Hortus conclusus*, du *Jardin fermé* du Cantique des Cantiques. On y découvre même au milieu le *puteus aquarum vivarum*, la fontaine d'eau vive qui sert à arroser les plantations et les fleurs. On y voit enfin des allées solitaires et mystérieuses où les religieuses et les novices peuvent se recueillir aux heures du silence, surtout pendant les retraites, ou même causer entre elles, sous les arbres, au moment des récréations. Un beau cloître fait le tour de ce petit paradis, et c'est sous les colonnades de ce cloître que les élèves du pensionnat se réfugient quelquefois, quand elles cherchent un peu de fraîcheur, pendant les lourdes chaleurs de l'été. En temps ordinaire, elles prennent leurs ébats, aux heures indiquées par le règlement, sur des terrasses spacieuses et aérées, qui règnent, au premier étage, le long des dortoirs et des classes autour du préau.

L'étage supérieur est destiné au noviciat, où les jeunes sœurs qui ne portent encore que la *capète* [1] se préparent, sous les yeux de leurs maîtresses, à la vie de sacrifice et d'abnégation qui est l'apanage de leur vocation. Elles aussi ont leurs terrasses du haut desquelles elles jouissent d'une vue merveilleuse. Elles peuvent, à toute heure, mettre dans leurs yeux le plus beau ciel du monde, quand elles les lèvent en haut; le Vésuve, quand elles les ouvrent simplement; et des fleurs, quand elles les baissent.

Il y a là pour elles, au point de vue des sentiments qu'inspire la nature, un charme infini; mais ce n'est pas là cependant, j'en suis convaincu, ce qui fait la matière ordinaire de leurs méditations.

Un écrivain doit, ce me semble, être frappé par ce point de vue, et voilà pourquoi je me plais à le signaler en passant.

Le panorama qui se déroule sous les regards

[1] La capète est la coiffure des novices qui n'ont pas encore été admises à la vêture.

du spectateur, quand on se promène sur la terrasse où jadis la Mère Thouret cultivait quelques plantes odoriférantes, où elle venait faire quelques pas, le soir, pour se délasser de ses rudes labeurs, est encore plus imposant et plus beau, parce qu'il embrasse presque tous les horizons.

A sa droite, on a *Regina Cœli* flanqué, d'un côté, du campanile qui porte les cloches de la maison, et de l'autre, d'une tour qui, je ne puis le dire autrement, *ne porte rien*, absolument comme le soldat d'une chanson célèbre, mais qui est d'un bel effet pittoresque dans la perspective.

Au milieu de ce tableau domine la coupole de la chapelle, qui est plutôt une église, et même l'une des plus gracieuses et des plus riches de Naples, à cause de la somptuosité de ses décorations. Dans le préau intérieur, on peut apercevoir, à certaines heures du jour, les élèves du pensionnat qui vont et viennent sur leurs terrasses respectives, et qui, avec leurs pèlerines blanches et leurs robes noires, font parfois penser à une colonie d'hirondelles qui se seraient nichées dans ce vieux monastère.

A sa gauche, on peut découvrir un large coin de la campagne environnante exubérante de vie et de sève. Si on regarde en arrière, on voit la colline de *Saint-Elme* que couronne si bien la fameuse chartreuse de *San Martino* et les ramures de *Capodimonté* encadrant la magnifique ville des rois de Naples. Enfin, on a devant soi, au premier plan, des coupoles sans nombre et, au second, la mer et le Vésuve !

Ces coupoles rappellent à la pensée le nom des églises chères au peuple napolitain, et, parmi elles se montre, comme la plus imposante, celle de *Saint-Janvier*, le saint populaire par excellence, le seul roi de Naples qui n'ait jamais été détrôné par les commotions sociales et les révolutions politiques.

La mer et le Vésuve sont toujours, sous le ciel de la vieille Parthénope, les deux grandes attractions du touriste et du voyageur.

La mer endormie, d'ordinaire comme un lac sans tempêtes, scintille au soleil dans ce golfe enchanteur que les poètes ont célébré et qui ressemble à une coupe de vert antique. Et puis, émaillée qu'elle est de légères embarcations, on dirait qu'elle est fière de porter sur ses vagues tranquilles les voiles blanches qui disparaissent, à l'horizon, comme l'image des joies mondaines, et les hirondelles à vapeur qui partent régulièrement chaque jour pour les charmantes îles voisines.

Le Vésuve est là pour le penseur comme un point d'interrogation enflammé. Porte-t-il dans ses flancs la guerre où la paix? Son cratère va-t-il vomir la désolation inexorable et vengeresse, ou la crainte seulement? Sa lave va-t-elle emporter dans un tourbillon vertigineux les riantes villas bâties au pied de la montagne, ou bien est-elle tout simplement destinée à fabriquer des camées d'un nouveau genre, des articles de bureau et des bijoux pour les dames? Les Napolitains ont l'air de croire que le mont terrible ne saurait, à l'époque où nous sommes, avoir une autre destination que celle que je viens d'indiquer. Il est vieux maintenant; il se repose; sa gloire lui suffit.

Inutile pour sa renommée d'avoir aujourd'hui des colères sublimes et des éruptions effrayantes !

D'ailleurs, se souvenant de sa jeunesse, voudrait-il renouveler ses prouesses d'autrefois, le peuple ne tremble plus guère devant lui. N'a-t-il pas, sur la route de Portici, Saint Janvier qui le protège, qui étend son bras vers le monstre et lui dit d'un geste énergique : « Halte-là ! on ne passe pas ! »

Pour ma part, le monstre m'a fait d'ordinaire, avec le panache blanc dont il est coiffé, l'effet d'un *gardien de la paix*, placé là par le bon Dieu pour intimider le peuple remuant de Naples et le rendre sage en lui rappelant le respect qui est dû au Maître suprême.

Quoi qu'il en soit de cette idée, il est certain que le panorama que je viens d'esquisser à grands traits est de tout point ravissant.

Rarement j'en ai vu d'aussi beau, et, quand je reviens par l'imagination sur le souvenir qu'il m'a laissé, je comprends sans trop de peine la parole d'un Napolitain déjà avancé en âge qui n'a jamais quitté sa ville natale, mais qui la connaît à fond et qui me disait un jour :

« Naples est un morceau du ciel tombé sur la terre, et, quand on est né ici, on n'en sort point, pas même pour voir Rome et Paris ; quand on a sous les yeux des merveilles incomparables, on ne va pas ailleurs en chercher d'autres qui ne sauraient valoir celles là ! »

Il semble qu'un ange armé d'une épée flamboyante...

Or, tel est le cadre de l'existence éphémère que j'ai à raconter ; il était bon que je le fisse connaître. Il semble que, dans ce petit paradis de *Regina Cœli* que je viens de décrire, la Mort ne devrait jamais entrer, qu'un ange armé d'une épée flamboyante devrait l'arrêter à

la porte, quand elle menace d'y pénétrer ; mais,
là comme ailleurs, hélas ! elle a des *rigueurs
à nulle autre pareilles ;* là comme ailleurs,
elle frappe des victimes qui sont fraîches
comme l'aurore et belles comme l'innocence !

II

LE PENSIONNAT

.Notre petite héroïne est née dans une charmante villa, à Bitonto, ville importante de la province de Bari. Son père, qui la pleure toujours,
a nom Jean Traversa, et sa mère, qu'elle n'a
pas connue, s'appelait Joséphine Abruzzeze.

Elle est venue au monde le 10 septembre
1881, à cinq heures du soir. — Pour ceux
qui vivent longtemps, il n'est pas important de
faire connaître l'heure à laquelle ils ont reçu le
jour, mais pour ceux qui ne font que passer icibas, cette heure n'est pas tout à fait indifférente.

Elle a été baptisée huit jours après sa naissance, le 15 septembre, par le Père Joseph
Olivieri, provincial des Conventuels, et soixante

et onze jours plus tard elle est devenue orpheline : le 28 novembre, elle a perdu sa mère,
jeune femme pieuse et distinguée, cruellement
emportée par une de ces maladies qui sont
trop souvent le tragique couronnement des
joies de la maternité.

Le 2 mai 1883, n'ayant pas encore deux
ans, elle a reçu le sacrement de la Confirmation des mains de Mgr Louis Bruno, son évêque,
et, dès ce moment, elle a donné à son père les
plus douces et les plus riantes espérances.

Jusqu'à huit ans elle est restée dans sa
famille, dont elle était l'orgueil, tant à cause
de sa nature enjouée que de sa santé florissante.
Elle était vive, pétulante, espiègle à ses heures,
mais très docile vis-à-vis des siens et très
bonne pour tous. Elle avait un caractère doux
et facile et faisait naître la sympathie autour
d'elle, partout où elle passait. Les amis et les
voisins la trouvaient charmante et s'empres-
saient, à l'occasion, de le dire à son père et à
ses grands-parents, sous les yeux desquels elle
grandissait, et qui n'entendaient jamais ces
félicitations flatteuses que les larmes aux yeux.

Elle était le sourire de la maison ; elle ressemblait en quelque sorte à une fleur qui serait née sur un tombeau, et elle consolait par ses charmes naissants ceux que le souvenir de la mort attristait toujours.

Quand elle eut huit ans, on songea à la mettre en pension ; il fallait bien qu'elle reçût une éducation en harmonie avec sa naissance et son avenir. Il fut convenu en famille qu'elle irait à Naples et à *Regina Cœli :* à Naples, parce que cette ville est toujours une capitale pour les ressources intellectuelles, et à *Regina Cœli*, parce que les religieuses françaises qui sont là jouissent, dans tout l'ancien royaume des Deux-Siciles, d'une réputation dignement méritée d'éducatrices parfaites.

Les filles de la Mère Thouret ont, en effet, un savoir-faire particulier pour élever l'enfance. C'est là un témoignage que leur a rendu récemment Léon XIII, quand il a dit d'elles « qu'elles avaient reçu de Dieu une mission providentielle pour l'instruction chrétienne ».

D'ailleurs, qui ne sait que notre *sœur de charité* fait des merveilles partout où on l'envoie ? « Pour faire connaître les produits de la France, disait un jour Louis Veuillot, il suffirait d'exposer une sœur de charité et un soldat. »

Les religieuses de *Regina Cœli* ne sont pas toutes Françaises, et il ne le faudrait même pas ; car, les élèves qui forment les cadres du pensionnat venant toutes de Naples et des environs, notamment des Pouilles et des Calabres, il est bon que leurs principales maîtresses soient, comme elles, Italiennes ; de la sorte, elles sont plus à même de comprendre leur langue, leur caractère et leurs habitudes.

Mais la tête, le cœur, l'esprit de leur institut sont toujours français : la tête, car depuis la fondation toutes les supérieures générales ont été Françaises ; le cœur, car nos sœurs s'inspirent, pour leurs œuvres, de saint-Vincent de Paul, qui est un saint éminemment français ; l'esprit, car la fondatrice qui leur a donné leur règle est aussi une femme éminemment française.

Pour le moment, la supérieure du pensionnat de Naples, la directrice des classes et plusieurs maîtresses sont Françaises.

C'est dire que, lorsqu'on est appelé, — comme je l'ai été, — à visiter la maison, on croirait qu'un lambeau de terre de France a été transporté là, comme par enchantement, sous le ciel napolitain.

Les grandes élèves lisent, comprennent et parlent notre langue ; elles trouvent un goût particulier à entendre la parole sainte portée en français ; les novices qui vivent à côté d'elles sont obligées, par le règlement, à réciter en français leurs prières du matin et du soir ; les anciennes élèves, qui viennent toujours avec bonheur revoir leurs maîtresses, se plaisent, en remettant le pied dans le cloître qui les vit enfants, à redire quelques mots de notre langage, un peu oublié, mais aimé toujours.

Est-ce pour cela que les familles estiment tant *Regina Cœli ?* Evidemment non. Cette raison n'est certainement pas pour rien dans la juste popularité dont jouit la maison ; mais il y en a d'autres, et de plus grandes. On les devine sans peine. L'institut a pour but de donner aux jeunes filles une instruction solide et une éducation chrétienne. Il entend préparer pour le foyer des enfants pieuses et pures et pour la société des femmes sérieuses et vertueuses.

Depuis que la Mère Thouret lui a donné le premier élan, il a fait ses preuves, et voilà pourquoi sa réputation est si bien établie.

N'oublions pas de dire, d'ailleurs, que le programme scolaire de *Regina Cœli* fait une large place aux arts d'agréments sans lesquels on ne comprendrait pas de nos jours une éducation complète.

Les élèves ont à leur disposition des professeurs de chant, de musique, de piano, de harpe et de mandoline. Ces deux derniers instruments sont essentiellement napolitains, et nous ne pouvons pas en avoir une juste idée, quand nous les entendons jouer par des paysans calabrais qui font un tour de France, pour ramasser un petit pécule ; quand ils sont entre des mains napolitaines, qui ont reçu de bonnes leçons, ils arrivent à produire des effets tout simplement ravissants, et pour ma part je ne comprends pas que, dans nos pensionnats français, ils ne soient pas appelés à remplacer quelquefois ce *monotone piano obligatoire* qui trop souvent, hélas! il faut bien l'avouer, ne sait produire que l'agacement.

Du reste, pourquoi ne pas le dire? j'écris cette réflexion pour les mères ordinairement si fières de leurs enfants: rien n'est gracieux comme une jeune fille qui fait chanter une mandoline ou une harpe! Il y a là, au point de vue esthétique, un tableau plein de charme et de poésie.

A côté de la musique, la peinture est également en honneur, et l'on voit des élèves capables de faire au pastel le portrait de leur supérieure.

Je ne parle pas des travaux à l'aiguille: il s'en fait, à *Regina Cœli*, qui dénotent une patience angélique et un art consommé.

Or, tel est le milieu dans lequel Louise Traversa allait être appelée à vivre. Elle devait trouver au couvent des maîtresses aimantes et dévouées et des compagnes simples et bonnes. Elle y entra le 17 novembre 1889. Au départ de Bitonto, elle versa quelques larmes; mais ses grands-parents pleurèrent encore plus qu'elle : car, elle partie, leur villa allait ressembler à un mausolée ; la vie n'y serait plus ! L'enfance donne tant de charme à une habitation ! La plus belle demeure, le plus riche palais paraissent voilés d'un crêpe funèbre, quand ils ne sont plus animés par la présence réelle de l'innocence prenant ses ébats au salon, au jardin, dans les chambres, dans les corridors !

La séparation fut donc douloureuse et cruelle. Le grand-père voulut se donner la consolation d'accompagner sa chère Louise jusqu'à Naples ; il lui montra les curiosités de la ville, ses palais, ses églises, son golfe, et puis, à la date que je viens d'indiquer plus haut, il la conduisit au monastère pour la remettre, non sans regrets, entre les mains de ses maîtresses.

Inutile de dire qu'elle fut bien accueillie : elle laissait chez elle des affections chaudes et vibrantes, elle allait en rencontrer d'aussi tendres au pensionnat. Elle ne savait pas ce qu'était une mère, elle allait en trouver une dans sa supérieure !

III

PIEUSES PRATIQUES

Le pensionnat de *Regina Cœli* est divisé en six classes, qui se distinguent par la couleur de la ceinture que portent les élèves. Cet usage n'est pas nouveau : il existe dans beaucoup de couvents français. Or cette division nous donne : 1° la classe verte ou l'élémentaire ; 2° la classe bleue ; 3° la classe lilas ; 4° la classe rouge ; 5° la classe blanche et rouge, et 6° enfin la classe blanche qui est surnommée *du perfectionnement*.

La *classe verte* a deux sections : il faut en toutes choses un stage, un noviciat, et, pour entrer dans cette première classe élémentaire, les petites nouvelles doivent passer quelque temps dans une classe préparatoire. C'est dans cette classe préparatoire que fut placée Louise Traversa.

Dès son arrivée, elle donna *sa note :* elle fit

comprendre aussitôt ce qu'elle serait pour la piété, la conduite et le travail. Quand la maîtresse donna ses premiers avis sur la bonne tenue à la chapelle et le recueillement pendant la prière, on vit la pieuse enfant composer son maintien, baisser les yeux et joindre les mains.

Il y avait dans son attitude, soit pendant la messe, soit pendant les prières réglementaires, quelque chose d'angélique qui faisait plai-

Louise en prières.

sir à voir. Elle paraissait comprendre mieux que toute autre l'importance de l'acte religieux qui nous met en communication avec Dieu ! La prière n'est pas autre chose qu'un monologue qu'on adresse à l'Eternel, et elles sont rares les âmes enfantines qui saisissent bien la gravité de ce petit discours fait à l'Etre suprême.

Louise avait sans doute été prévenue de grâces particulières pour remplir son devoir de chrétienne; elle était en quelque sorte transfigurée; ses compagnes voyaient en elle un petit séraphin fait pour la contemplation.

On comprend, d'après cela, quelle devait être sa conduite dans les divers mouvements de la journée, en récréation, en classe, à l'étude...

Elle ne savait nulle part se démentir; dans les rangs, elle était toujours silencieuse et recueillie, comme le veut la règle; en récréa tion, elle n'était jamais la dernière au jeu; el classe elle écoutait avec une attention soutenue les explications de sa maîtresse, et en étude elle travaillait en quelque sorte avec un goût passionné, car elle était avide de savoir; elle sentait vivement l'aiguillon de l'émulation ; rien ne l'effrayait quand il s'agissait de meubler sa tendre intelligence, et elle n'était satisfaite que lorsqu'elle avait bien appris ses leçons et bien fait ses devoirs.

Elle aimait tant l'étude que, pour mieux

réussir, elle recommandait souvent ses travaux
à la sainte Vierge, surtout à l'époque des
examens. Après sa mort on a retrouvé dans
ses cahiers une petite prière que je me fais un
plaisir de reproduire intégralement, parce
qu'elle nous permet de pénétrer plus avant dans
le fond de cette jeune âme qui déjà portait en
elle le culte de tout ce qui est grand et beau
ici-bas.

Voici la traduction littérale de cette prière :
« Ma chère Mère du ciel, fais-moi bien passer
mon examen, pour le salut de mon âme. Fais
que mes parents se portent toujours bien ; qu'ils
t'aiment et qu'ils aient une grande dévotion
pour toi. Je te recommande tous ceux qui ont
soin de moi. Ma bonne Mère, tourne vers moi
tes yeux compatissants et accorde-moi toutes
les grâces que je t'ai demandées. Le visage
rapproché de ta sainte face, je me signe.

« Ta toute dévouée LOUISE. »

Cette prière est bien simple ; elle l'est comme
le cœur d'une enfant de neuf ans à peine.

Mais elle nous prouve que celle qui l'a com-

posée avait des sentiments élevés et généreux.
Car elle ne se contentait pas de recommander
à sa Mère du ciel le succès qu'elle ambitionnait
pour son examen, mais encore la santé, l'avenir
et le salut de tous ceux qui lui étaient chers et
qui veillaient sur elle, de ses parents et de ses
maîtresses.

Son petit cœur était déjà l'asile des plus
saintes et des plus pures affections; il devait,
devenir aussi le sanctuaire de nos meilleures
dévotions chrétiennes. Nous en avons la preuve
dans les invocations suivantes qu'on a retrou-
vées dans une des poches de sa robe de tous
les jours. Voici ces invocations, telles qu'elle
les avait écrites de sa main :

« Vertueuse Madone, durant ce mois je
veux faire de petites fleurs de mortification !

« Bonne Madone, vous devez m'accorder
la grâce que je vous demande, car j'en ai grand
besoin !

« Bonne Madone, si vous me l'accordez,
je vous en serai bien reconnaissante !

« Bonne Madone, accordez-la-moi par charité !

« Bonne Madone, accordez-la-moi par Jésus-Christ qui est mort sur la croix !

« Bonne Madone, je suis une pauvre enfant ; j'ai perdu une mère qui m'aimait tendrement ; mais vous, vous m'aimez encore plus que la mère qui m'est morte !

« Je me signe Votre très affectueuse fille,

« LOUISE TRAVERSA. »

Que penser de ces cris d'une âme naïve, qui, pour obtenir une grâce ardemment désirée, commence par promettre à la sainte Vierge des *fioretti*, de petites fleurs de mortification ? Comme on voit que cette enfant possède en elle un fonds de christianisme extraordinaire pour son âge ! Est-ce qu'à neuf et dix ans une fillette songe déjà toute seule à s'imposer des privations, à faire des sacrifices pour se rendre propice la clémence céleste ? Et puis comme cette dévotion à Marie est belle et touchante !

Louise est orpheline, mais elle sait que la Madone est la meilleure des mères, et elle le lui dit ingénument pour lui arracher la faveur providentielle qu'elle attend de sa tendresse maternelle.

Enfin, que dire de l'habitude qu'elle avait prise de porter dans ses poches les prières qu'elle composait pour son usage ?

Les invocations que je viens de citer, — nous le verrons plus loin, — étaient accompagnées d'autres pratiques pieuses que nous aurons à signaler.

Est-ce là une habitude napolitaine ? Je l'ignore. Je sais seulement qu'un fait pareil a été relevé dans la vie de de la vénérable Marie-Christine de Savoie, que les Napolitains appelaient la *Reginella Santa*, la *Sainte petite Reine*, et dont ils aiment encore à honorer les cendres dans la magnifique église de Sainte-Claire.

Cette princesse, morte si jeune à Naples, avait dans sa poche un petit calepin sur lequel on a trouvé la sentence austère que voici. Elle est si édifiante que je veux la faire connaître à mes lecteurs, et, pour qu'ils puissent mieux en goûter la saveur, je la reproduis avec son rythme et son texte italien :

« Benche sia sana e ricca e bella, e poi ?
E che possega argento et oro, e poi ?
E d'ingegno e saper sia sola, e poi ?
E di fortuna in alto posto, e poi ?
E che mille anni il mondo godo, e poi ?
Presto si muore, e nulla resta, e poi ?
Servi a Dio solo e tutto avrai dappoi ? [1] *»*

Ces sept lignes, à mon sens, en disent plus sur la sainteté de la pieuse reine que de longs panégyriques. Elles nous prouvent que son âme n'avait aucune attache ici-bas. Cette âme avait trouvé le véritable idéal chrétien ; elle restait suspendue au ciel comme la lampe de nos sanctuaires qui est toujours attachée par en haut à la voûte de nos églises.

Est-ce pour cela que le bon Dieu l'a ravie à ce monde, alors qu'elle était encore au printemps de la vie ? Peut-être.

C'est le même idéal que caressait déjà la

---

[1] On peut traduire ainsi cette sentence : « A quoi peut me servir d'être bien portante et riche et belle, et puis ? — De posséder argent et or, et puis ? — D'être incomparable pour le talent et le savoir, et puis ? — D'avoir une position de fortune élevée, et puis ? — De jouir mille ans du monde, et puis ? — On meurt bientôt, et rien ne reste, et puis ? — Sers Dieu seul, et puis tu auras tout ! »

petite Louise, à laquelle je me hâte de revenir. Les pages qui suivent vont nous le montrer encore mieux, et c'est peut-être pour cela que, par ordre de la Providence, la mort est venue si tôt faucher sa frêle existence. Chez les anciens, on disait que les jeunes gens sont aimés des dieux, et nous, chrétiens, nous savons que notre Dieu se plaît au milieu des lys et qu'il recherche les âmes innocentes et pures !

IV

PREMIÈRE COMMUNION

On peut deviner déjà avec quelles dispositions d'esprit et de cœur notre pieuse pensionnaire dut se préparer à sa première communion, quand vint pour elle le moment de songer à ce grand acte de la vie chrétienne.

Elle approchait de la dixième année, et il fut convenu qu'elle serait admise au banquet eucharistique le 31 mai 1891.

Cette nouvelle lui causa une joie inexpri-
mable, et, dès ce moment, elle redoubla de
ferveur dans ses prières.

Elle multiplia même ses exercices et ses
pratiques. Quelquefois au dortoir, alors que
ses compagnes reposaient dans leurs petits
lits, on entendait un léger susurrement se
mêler aux respirations lentes et rythmiques
des dormeuses. La maîtresse, attentive à tout,
s'approchait, sur la pointe des pieds, de l'endroit d'où partait ce petit bruit, et découvrait
bientôt que c'était Louise qui murmurait ses
prières : « Pourquoi donc, lui disait-elle,
priez-vous si tard, mon enfant? C'est maintenant l'heure de dormir... — Ah! répondait
aussitôt notre petit ange, je n'ai encore dit que
mon rosaire ; si vous saviez combien d'orai-
sons il me reste à réciter ! »

On voit par cette réponse que la sainte
enfant, pour obtenir de faire une bonne première communion, avait pris l'habitude de dire
tous les soirs le rosaire. Du reste, elle s'y
était engagée ; nous le savons par l'un de ces
petits papiers qu'on a trouvés dans ses poches.

Voici ce qu'on y lit. Je cite encore textuellement :

« Louise T... fait les promesses suivantes à la Madone : Bonne Madone, je vous promets que si vous me faites faire ma première communion, je me comporterai bien et je vous dirai le Rosaire de quinze dizaines. Bonne Madone, faites-moi cette grâce ; j'ai tant besoin de votre secours ! Je ferai ma première communion avec dévotion. — Bonne Madone, chère Madone, accordez-moi la grâce de pouvoir faire la sainte communion. — Bonne Madone, vous êtes la mère compatissante, la Mère du ciel, et quand je pense à vous qui êtes là-haut, et qui répandez vos faveurs sur nous, je... »

Ici la prière n'est pas terminée. Elle a été interrompue par qui ? par quoi ? Nous ne le savons pas. Peut-être Louise se cachait-elle pour faire ses confidences à la sainte Vierge. Peut-être a-t-elle été surprise au moment où elle écrivait celle-ci, et s'est-elle arrêtée pour ne pas livrer son secret ! Quoi qu'il en soit de cette supposition, je relève ici deux choses vraiment admirables dans la vie d'une fillette de neuf ans et demi.

Cette enfant ne se contente pas de prier sa *Mère du ciel*, et la nuit et le jour, mais encore elle lui *écrit* pour mieux gagner son cœur. Elle ne lui écrit pas une seule fois, mais à plusieurs reprises. Cette idée enfantine d'adresser des lettres à la sainte Vierge n'est-elle pas gracieuse et touchante? Et que voyons-nous dans ces lettres? une foi, une ferveur, une persévérance qui, hélas! ne vibrent pas toujours dans la prière chrétienne.

Puis, — et c'est là la seconde observation que je veux faire, — n'est-il pas beau de voir une toute petite fille prendre l'engagement de réciter tous les jours le *Rosaire tout entier?* Combien de jeunes filles, combien de femmes pieuses trouvent que dire le chapelet chaque soir est déjà un assez large tribut payé à l'amour de Marie?

Aussi je me plais à dire et à proclamer que, si Louise Traversa eût vécu, elle fût devenue une véritable *femme forte*. Elle aurait eu un caractère énergiquement trempé; il y avait en elle quelque chose des héroïnes des catacombes, des vierges courageuses de la primitive Église.

Cette appréciation est confirmée par le fait que voici : on sait que, depuis quelques années, le 1er mai est devenu, dans les cités populeuses et les principales capitales de l'Europe le grand jour des revendications ouvrières. C'est le jour qu'a choisi le socialisme cosmopolite pour hurler à la porte des riches.

Le Rosaire.

Les ouvriers de Naples ne sont pas restés en dehors du mouvement universel, et eux aussi ont voulu *manifester* comme leurs frères de France, d'Allemagne, d'Italie, etc., au jour consacré par la volonté populaire.

Par conséquent, le 1er mai peut bien dans certaines villes n'être pas un jour très rassurant pour les couvents. Pour cette raison, la supérieure de *Regina Cœli* avait, cette année, prévenu les familles des pensionnaires que ce jour-là elles ne seraient pas reçues au parloir, et que les portes de l'établissement resteraient fermées toute la journée. C'était là une mesure de prudence qu'on ne pouvait que louer. Mais il fallut la faire connaître aux élèves et la leur expliquer. De là un grand émoi dans la maison. Plusieurs, l'imagination aidant, se prirent à trembler. Louise fut du nombre. Dans sa naïve simplicité, elle crut qu'on allait revenir aux persécutions des premiers siècles de l'Eglise, dont naguère la maîtresse avait raconté l'histoire en classe, et que de nouveau les chrétiens seraient condamnés aux bêtes du cirque, comme aux temps de Néron, et, dans cette persuasion, elle se promit, pour avoir un rôle de martyre, de se présenter la première aux persécuteurs.

Déjà elle se sentait heureuse de tomber sous le glaive des bourreaux, de donner sa vie pour le Christ, de verser son sang pour la foi.

Pauvre chère enfant! comme on voit que son cœur était rempli d'amour pour le Dieu qu'elle devait bientôt recevoir! Avec quelle ivresse attendrie sa mère vivante l'aurait embrassée si elle avait pu lui connaître de si généreux sentiments! Mais la joie qu'elle ne pouvait avoir sur la terre allait bientôt lui être donnée dans l'éternité.

Louise le pressentait-elle? Il le semblerait; car elle parlait quelquefois à ses compagnes du bonheur de mourir; elle ajoutait même qu'elle voudrait beaucoup que le jour de sa première communion fût le dernier de sa vie. Elle désirait mourir ce jour-là. Et pourquoi? Elle ne le cachait point : pour aller voir son Jésus et sa maman.

Ses deux grandes ambitions auraient été de recevoir son Jésus le matin dans le sacrement de l'amour, et de le voir, le soir, dans le rayonnement de la gloire ; et la seconde, de retrouver sa maman pour qui elle offrait sa première communion.

Elle fut donc quelquefois, avant le 31 mai, visitée par la pensée de la mort; et cette pensée ne lui fit jamais une impression triste ; au contraire, il semble que toutes les fois qu'elle effleura son âme, ce fut pour lui apporter espérance et consolation.

Cette étonnante enfant laissa même deviner à ses compagnes ses sentiments à cet égard. Sans le savoir, elle exerçait une certaine influence sur elles, et ses réflexions étaient parfois, dans leur petit cercle, accuellies et répétées comme des oracles ; — sans le vouloir, elle *faisait école.*

C'est ainsi qu'il faut expliquer le mot qu'une pensionnaire plus jeune qu'elle, mais de sa classe, disait naguère à son père, sans se douter du coup qu'elle lui portait: « Qu'est-ce que nous faisons dans ce monde ? N'est-cepas mieux pour nous d'aller en paradis ? »

Le 1er mai passa, et Louise n'eut pas le bonheur d'être martyre de sa foi.

Le 31 arriva, et ce jour-là fut pour elle un

jour d'extase et de ravissement. La moitié de
son rêve s'était réalisée: elle avait reçu son
Jésus avec une ferveur et une tendresse qui
furent remarquées. A son bonheur il ne man-
quait qu'une seule chose: la présence de sa
mère. Mais y a-t-il ici-bas des fêtes sans larmes?
Non, pas plus qu'il n'y a de médailles sans
revers.

Notre pieuse enfant put encore deux fois
s'approcher de la table sainte. Ce fut pour la
fête du Sacré-Cœur et pour la fête de Saint
Vincent de Paul. Elle avait déjà une tendre
dévotion pour le cœur de Jésus, et elle aimait
par reconnaissance saint Vincent de Paul; elle
n'oubliait pas ce qu'elle devait aux Sœurs de
la Charité, et elle faisait remonter sa gratitude
jusqu'à leur patron.

Dans ces deux solennités elle montra l'ardeur
de son amour pour Dieu, et en même temps,
par sa tenue et son recueillement, elle édifia
ses maîtresses et ses compagnes. D'ailleurs
elle pouvait servir de modèle à ces dernières,
même aux plus grandes. En tout temps et à
toute heure, elle était à son devoir; en toutes

choses, elle cherchait la perfection, et elle était toujours froissée de ce qui pouvait se passer d'incorrect autour d'elle. Lorsqu'il échappait à une petite fille quelques paroles brusques ou peu charitables, elle s'empressait de s'écrier: « Je remercie le bon Dieu de ne pas dire de semblables choses, » et cela suffisait pour que la coupable se tût et rentrât en elle-même.

De la sorte, Louise exerçait autour d'elle une sorte d'apostolat. Dieu le voulait ainsi pour récompenser dès ici-bas ses vertus naissantes et ses habitudes chrétiennes.

Ses vertus et ses habitudes que nous connaissons déjà devinrent de plus en plus belles et touchantes.

Dans ses poches, où s'est trouvé un véritable trésor, pieusement gardé aujourd'hui par la famille, on a également découvert un calepin qui est très intéressant à consulter, et cela parce qu'il nous fait connaître en même temps ses idées ingénieuses et ses dévotions aimées.

Cette incomparable enfant a mis d'abord au frontispice du précieux calepin le titre que

Saint Vincent de Paul, patron des Filles de la Charité.

voici : « *Libretto di preghiere. — Petit livre de prières* ». Puis elle a pris la peine de marquer sur les premières pages les jours de vingt-trois semaines, les unes après les autres, et d'écrire ensuite, à proportion, ou une oraison jaculatoire ou une invocation pieuse en face d'un grand nombre de ces jours.

Voici un spécimen de ces tableaux hebdomadaires qui nous fera mieux comprendre la chose :

L. Doux cœur de mon Jésus,
M. Fais que je t'aime toujours plus !
M. Doux cœur de Marie, soyez
J. Le salut de mon âme.
V. Dieu de mon cœur, doux
S. Jésus, vous pouvez seul me donner
D. Le repos, vous êtes le bel amour !

Il y a dans le *Libretto* treize tableaux de ce genre. Puis il y en a neuf autres qui sont restés en blanc.

La pauvre enfant n'a pas sans doute eu le temps de mettre dans le cadre de ces derniers les aspirations naïves et parfois entrecoupées comme des sanglots qu'elle avait l'intention d'y consigner. Quant à ceux qui sont remplis, nous y trouvons tour à tour répété et invoqué le nom de l'Ange gardien, de saint Joseph, de Jésus et de Marie.

C'est dire les dévotions que Louise avait le plus à cœur ; mais celle qu'elle préférait

Sa dévotion à la Reine du ciel.

entre toutes, c'était la dévotion à la sainte Vierge, car dans tous ses écrits, dont quelques-uns ne sont pour ainsi dire que des monosyllabes sacrés, c'est le nom de la Madone qui revient le plus fréquemment. C'est ce nom mille fois béni qu'elle mêle le plus à ses supplications brèves comme des télégrammes.

De bonne heure, elle avait appris dans sa famille à aimer la Reine du ciel ; elle vivait dans un couvent qui s'appelle *Regina Cœli*, et elle comprenait que ce nom, qui est un titre de noblesse pour la maison, *oblige* tous ceux qui habitent la maison. Enfin, elle avait vu dans les rues et les magasins de Naples des lampes brûler perpétuellement devant l'image de Marie, et elle voulait que son âme, qui, nous l'avons observé plus haut, ressemblait à une lampe du sanctuaire, brulât aussi perpétuellement en l'honneur de sa Mère celeste !

Pourquoi fallut-il, hélas ! que cette lampe fût sitôt transportée dans le ciel ? C'est le secret de Dieu.

V

LA MORT

Vers la mi-juillet on s'aperçut que Louise, qui jusque-là avait été toujours fraîche, vive et bien portante, perdait ses allures habituelles ; on la vit parfois triste et mélancolique ; elle sembla s'absorber dans des idées noires. Un mystère planait sur elle ; les premiers symptômes du mal qui devait l'enlever en peu de jours commençaient à se manifester.

On l'observa de près, et, comme la langueur dans laquelle elle était tombée ne fit que s'accentuer de plus en plus, on résolut de la mettre à l'infirmerie. Là des soins plus particuliers pourraient lui être prodigués ; on pourrait mieux surveiller la maladie dont elle portait le germe naissant.

Or, avant d'y monter, la chère petite, agissant, ce semble, sous l'empire d'un pressentiment extraordinaire, demanda pardon à ses deux maîtresses et à ses compagnes de tous les déplaisirs qu'elle avait pu leur causer durant l'année scolaire. Cette scène, on le devine, impressionna vivement toute la classe.

Les médecins ordinaires de la maison, appelés auprès de notre intéressante malade, prescrivirent les remèdes qui leur parurent indiqués, d'après le diagnostic qu'ils avaient porté, mais sans réussir à calmer les vives douleurs d'entrailles dont elle souffrait continuellement.

Les religieuses, bien entendu, la supérieure et l'infirmière du pensionnat se multiplièrent nuit et jour auprès de la pauvre enfant pour lui donner les soins que seule sait donner une mère ou une sœur de charité. Mais tout fut inutile. On fit venir deux célébrités médicales de Naples ; mais leur consultation n'amena aucun résultat.

Une méningite venait de se déclarer, et l'on sait que la thérapeutique échoue le plus souvent en face de cette terrible maladie.

A la période prodromique constituée par la tristesse, et aux douleurs d'entrailles que nous avons tour à tour constatées, avaient succédé de violents maux de tête.

Puis vint un état de prostration qui n'était que l'avant-coureur de la fin, et cet état dura trois jours.

Notre sainte enfant eut plusieurs fois la visite de son confesseur, mais les prières et les bénédictions de ce bon prêtre ne purent l'arracher à la torpeur dans laquelle elle était plongée, et, comme la mort approchait à grands pas, elle reçut l'Extrême-Onction en présence de son père, qu'angoissait la douleur, et des sœurs, qui n'abandonnaient jamais son chevet. Deux oncles étaient là aussi ; ils étaient accourus auprès de la petite moribonde, parce qu'ils avaient, eux aussi, un culte pour elle ; ils espéraient peut-être que, la famille s'unissant à l'art et à la tendresse, on parviendrait à écarter le coup redouté. Mais c'était là une espérance vaine.

Il y eut autour de ce lit de douleur des supplications, des larmes et des sanglots. Ce fut en quelque sorte un duel de trois jours entre l'amour et la mort, mais l'amour devait être vaincu. La mort l'emporta le samedi 1er août, à trois heures du soir.

Remarquons, en passant, que le samedi est le jour consacré à la sainte Vierge et que c'est à trois heures du soir que Notre-Seigneur Jésus-Christ a rendu le dernier soupir sur le Calvaire, et plaisons-nous à croire que dans ces deux coïncidences il y a deux attentions délicates de la Providence à l'égard de Louise Traversa.

Le samedi est un beau jour pour mourir, quand on est chrétien, et la troisième heure après-midi est l'heure par excellence pour rendre son âme à Dieu, quand on l'aime.

Malgré cela, je suis tenté d'émettre ici un regret, et je demande la permission de l'exprimer. J'avoue, maintenant, que j'ai raconté les derniers moments de cet ange de *Regina Cœli*, que j'aurais désiré pour lui une fin différente : j'aurais voulu que le bon Dieu lui envoyât pour l'arracher à ce monde une autre agonie. Cette enfant sublime nous a tant étonnés durant sa vie qu'elle nous aurait encore étonnés à sa mort. Si elle avait pu jouir de toutes ses facultés jusqu'au dernier soupir, si elle avait pu s'éteindre doucement et sans secousses, sous les yeux de ses maîtresses et de ses compagnes, elle aurait, à coup sûr, laissé tomber de ses lèvres des paroles et des pensées qui auraient été recueillies comme des perles.

Son père aurait été moins désolé de la voir partir, parce qu'elle lui aurait dit gentiment :

« Ne pleure pas ; je te quitte, mais c'est pour retrouver ma mère, qui m'appelle et qui m'attend ! »

Elle aurait fait le sacrifice de sa vie avec une générosité qui aurait édifié tout le monastère.

Ce que nous avons dit d'elle plus haut nous le prouve amplement ; et, d'ailleurs, qui ne sait que les *jeunes* meurent toujours volontiers, alors que les vieux s'éteignent au contraire à regret ? Laissez longtemps un oiseau dans une cage, et puis, un jour, ouvrez-lui la porte, il ne voudra pas s'envoler. Au contraire, mettez un oiseau dans une cage pour quelques heures, ouvrez-lui la porte après, le voilà parti.

Il en est ainsi de l'âme : quand elle a vieilli dans un corps, elle ne veut plus en sortir ; quand elle y est depuis peu elle s'échappe sans regret de sa prison.

Nous aurions vu la confirmation de cette pensée dans la mort de Louise, si la destinée ne lui avait pas ménagé une brutale méningite pour la fin de ses jours. Avec un martyre différent qui lui aurait laissé la vivacité de l'esprit et l'élan du cœur, elle se serait éteinte d'une façon plus consolante, surtout pour son historien. Car, je me hâte de le dire, dans le regret que j'ose exprimer ici, je me mets seulement au point de vue littéraire et poétique.

Au point de vue religieux, nous devons nous incliner devant les décrets impénétrables de la Providence. Dieu fait bien ce qu'il fait, et on ne saurait lui en vouloir de n'avoir pas donné à l'enfant que pleure *Regina Cœli* l'auréole que j'aurais désirée pour elle au moment suprême. Il lui a accordé tant d'autres grâces et de si belles bénédictions ! Et puis, d'ailleurs, elle est morte *auréolée* d'innocence, de candeur et de vertu !

Ce nimbe de gloire terrestre annonçait celui que les anges ses frères lui avaient préparé dans le ciel.

VI

LES FUNÉRAILLES

Le soir du 1er août, on était donc en deuil dans la maison. Avant la chute du jour, notre petite martyre fut revêtue de sa robe de communiante.

Elle fut déposée sur un lit de parade dressé dans la chambre mortuaire.

Elle paraissait endormie, on aurait dit une belle statue de marbre blanc récemment sortie du ciseau d'un habile sculpteur, car, n'oublions pas de le dire, Louise avait des traits fort réguliers, et la petitesse de la bouche, la finesse du nez, le gracieux contour du visage semblaient mieux ressortir à la tremblante lueur des flambeaux.

Un lis, symbole de sa pureté, avait été placé dans sa petite main droite ; dans la gauche, elle portait le rosaire qu'elle avait tant de fois égrené.

Une ceinture de taffetas bleue, comme les espaces éthérés que son âme venait de franchir, entourait sa petite taille et retombait gracieusement le long de sa robe.

Une guirlande de jasmins et de roses ornait le lit de parade tendu en blanc. Les vides étaient couverts d'un semis de diverses fleurs, toutes blanches. Six grandes couronnes de fleurs naturelles offertes par la famille, l'amitié et le pensionnat, étaient appendues aux murs de la chambre, et de chacune d'elles s'échappait un large ruban moiré portant, en lettres dorées, de touchantes inscriptions qui, comme des larmes cristallisées, disaient les regrets de tous.

Le lendemain, 2 août, le parloir était ouvert, à cause du dimanche, et les parents qui vinrent voir leur filles voulurent faire une visite à la petite morte et rendre ainsi hommage à une pensionnaire dont toutes les élèves ne savaient assez chanter les louanges et raconter les mérites.

Une élégante petite bière ornée de placages fut apportée. Sur le couvercle étaient placées

les deux initiales L. T. en argent surmontées
d'une croix pareillement en argent. Cette bière
servait d'étui à une autre de zinc destinée à
renfermer le frêle corps inanimé.

Douze pensionnaires vêtues de noir et voi-
lées furent choisies pour porter le cercueil,
les couronnes et les glands. Les autres élèves,
petites et grandes, rangées deux à deux, mar-
chèrent en avant, avec des cierges allumés à
la main. Un riche catafalque avait été élevé
au milieu de l'église. Le cercueil fut déposé
sous ses tentures qu'étoilaient les couronnes.
Cette cérémonie, suivie des prières d'usage,
fit couler bien des larmes dans l'assistance
nombreuse et sympathique, et sur le soir eut
lieu l'absoute entrecoupée de nouveaux sanglots.

Puis le convoi funèbre se dirigea en silence
et processionnellement vers le corbillard qui
attendait au bas du perron.

Ce corbillard, enguirlandé de fleurs et orné
des couronnes déjà mentionnées, était, suivant
la coutume de Naples, tiré par quatre chevaux
caparaçonnés de blanc et de noir et portant

des panaches blancs sur la tête et sur la croupe. Quatre voitures de deuil suivaient : la première était occupée par les parents, les autres par les religieuses et les pensionnaires qui avaient été désignées pour rendre les derniers devoirs à celle qui, hélas ! emportait dans sa tombe tant de parcelles de cœurs affreusement brisés.

Tombeau de Louise.

Au cimetière, le cercueil, retiré du corbillard, fut de nouveau porté à travers les longues allées de la grande cité des morts, par les pensionnaires suivies d'un prêtre, jusqu'au caveau sépulcral des Sœurs de la Charité.

C'est là que les religieuses ont leur suprême reposoir après une vie de labeurs et de combats ; c'est là qu'elles ont voulu donner une dernière hospitalité à la charmante enfant qu'elles pleurent toujours, et c'est là qu'elles la gardent encore sous la protection d'un souvenir qui ne meurt pas.

Avant l'inhumation, les parents voulurent contempler encore une fois les traits inanimés de leur chère Louise, et la bière fut rouverte devant les assistants. Mais le père avait été à l'avance arraché à cette scène déchirante.

Le retour au pensionnat fut bien triste : dans toutes les voitures on récita le Rosaire, la prière favorite de l'ange envolé, et les jours suivants une tristesse lugubre régna dans la maison. *Regina Cœli* qui, en temps ordinaire, ressemble à une ruche d'abeilles bourdonnantes et qui retentit du matin au soir du bruit des jeux et des rires et des accords des pianos et des harpes, retomba dans un morne silence. La mort n'y est cependant certes pas inconnue. Elle y prend assez de victimes parmi les Sœurs de la Charité qui tombent là, comme des soldats au champ d'honneur ; mais depuis longtemps elle n'y avait pas fait un vide aussi insondable.

Aussi, pendant de longs jours, un secret instinct porta tout le monde à la prière et au recueillement. A la pensée du malheur qui venait de frapper la communauté, personne, même parmi les élèves les plus jeunes, n'osait se livrer à la joie. Les plus étourdies auraient eu honte de s'amuser bruyamment comme au temps où leur chère compagne était là pour partager leurs ébats. Toutes, unies dans un même sentiment de tristesse, montraient que chez elle, grâce aux soins de leurs bonnes maîtresses, l'éducation du cœur, comme l'instruction de l'esprit, ne laisse rien à désirer.

Le deuil était partout, dans les âmes et sur les fronts, dans les cours et dans les classes.

Vers la fin du mois d'août, j'ai visité le *Campo santo*, et j'ai voulu, moi aussi, porter une larme et une prière à la tombe encore fraîche de ma jeune héroïne. J'avais vu sa place en classe, à l'étude et à la chapelle ; je tenais à la voir dans son dernier *dortoir* au champ du repos, où elle dort le long sommeil. A cette place où la terre des morts dévore sa dépouille gisaient encore les couronnes qu'on y avait déposées ; je remarquai que ces couronnes étaient déjà singulièrement flétries. Le temps, qui ronge toutes choses, n'avait pas daigné les respecter. Mais ce qui ne se flétrira jamais, c'est la mémoire laissée par l'ange de *Regina Cœli.*

Voilà pourquoi j'ai été heureux d'écrire ces quelques pages en son honneur.

Pauvre enfant ! dans le calepin dont j'ai parlé plus haut, en face des jours de sa onzième semaine, dans un de ces tableaux ingénieux consacrés à des prières jaculatoires, elle avait dessiné une grande croix latine, et elle avait écrit à côté de cette croix le mot que voici :

« *Questa santo croce me la voglio portare con me, in paradiso.* — Cette sainte croix, je veux l'emporter avec moi dans le paradis. »

Ici elle s'est trompée ; ici son espérance a été déçue, car les croix font entrer en paradis ceux qui les portent courageusement ici-bas, mais n'y pénètrent pas elles-mêmes.

Ta croix, ô chère petite Louise, est restée
sur la terre pour être partagée entre ta famille
du sang et ta famille du cœur, entre ta parenté
de Bitonto et ton pensionnat de *Regina Cœli*.

Ceux et celles qui t'ont aimée en ont gardé
les débris pour méditer quelquefois sur les
tristesses de l'existence et se redire entre eux
cette parole qui est bien vraie : « Les malheureux ne sont pas ceux qui partent, mais bien
ceux qui restent ! Car la vie, même pour ceux
qu'on appelle les heureux de ce monde, c'est
la rose de Jéricho qu'on trouve, en la froissant,
pleine de cendre ! ! !

UN SAINT DE FRANCE

A ROME

Il sort de la sacristie et va de son pas tranquille et saccadé, vers le confessionnal...
(page 80).

UN SAINT DE FRANCE
A ROME

M. L'ABBÉ ANDRÉ CRÉVOULIN

Prêtre-Sacriste à Saint-Louis-des-Français

I

UNE VISITE A SAINT-LAURENT-HORS-LES-MURS

Le 9 août 1897, me trouvant à Rome, je voulus revoir l'intéressante église de Saint-Laurent-*hors-les-Murs*, qui garde le corps du célèbre diacre et les cendres de l'immortel Pie IX. J'espérais y entendre les premières vêpres de la fête du lendemain, qui, on le sait, nous rappelle le souvenir du martyr, et par conséquent quelques chants de cette musique romaine qui attire tant les amateurs, surtout parmi les touristes et les pèlerins de passage dans la Ville Éternelle.

Je goûte, il est vrai, pour ma part, assez peu cette musique, soit parce qu'elle a parfois des allures d'opéra, soit parce que parfois aussi, dans des morceaux d'ensemble, elle envoie aux oreilles des auditeurs des miaulements aigus qui me paraissent au moins étranges. Malgré tout, j'espérais ouïr quelques mélodies savantes : car il arrive souvent que les ténors ou les soprani de la chapelle sixtine, qui vont chanter la messe ou les vêpres dans les basiliques, ont dans leur répertoire des morceaux vraiment dignes d'admiration.

Je fus déçu. Les custodes de Saint-Laurent ne sont pas assez riches pour avoir les premières vêpres de sa fête ; ils ne devaient avoir que la messe pontificale et les vêpres du lendemain. Je me consolai de ma déception, en visitant plus à mon aise les curiosités de la basilique, l'une des plus belles de Rome aujourd'hui, grâce aux restaurations intelligentes et aux peintures artistiques qu'elle doit à Pie IX.

J'allai un instant prier sur la tombe du grand Pape qui dort là, dans un modeste mausolée, son dernier sommeil, et puis je passai dans le cimetière voisin qui est gardé par les Pères Capucins, serviteurs de Saint-Laurent et des morts, et par quatre statues colossales assises au seuil du *Campo Varano*[1], le *Silence*, la *Charité*, l'*Espérance*, la *Méditation*.

J'appris de l'un des bons religieux la raison pour laquelle le 9 août n'était plus solennisé chez eux, et je constatai une fois de plus que, depuis 1870, la plupart des fêtes romaines sont des fêtes qui pleurent. Elles ne sont plus belles comme autrefois ; on comprend pourquoi : Rome chrétienne est *décapitée !* Puis, je goûtai pendant quelques moments la pensée qui a fait placer, à l'entrée du champ commun de repos, les quatre statues que je viens de nommer ; car, s'il existe un lieu au monde où s'imposent le *silence* et la *méditation* et où s'épanouissent la *charité et l'espérance*, c'est bien ce site triste et mélancolique planté de noirs cyprès, orné de fleurs pâles, décoré de monuments funèbres, qui s'appelle le *cimetière*, en France, le *campo santo*, en Italie. Je parcourus enfin la cité des morts, et je m'arrêtai devant les

---

[1] On appelle ainsi le vaste cimetière de Rome, établi en 1847 et souvent agrandi depuis. Ce nom lui vient de l'*agger veranus*, où fut enterré saint Laurent après son martyre.

mausolées les plus remarquables pour lire des noms plus ou moins connus et des épitaphes plus ou moins pompeuses, tandis que dans certaines allées des ouvriers gouailleurs riaient entre eux tout en travaillant à des frises de sépulcre et que des fossòyeurs avinés fumaient tranquillement leurs pipes devant des tombes entr'ouvertes.

J'arrivai, presque sans m'en douter, devant le caveau des chapelains de Saint-Louis des Français, et là, je tombai à genoux devant la pierre qui protège leur dépouille, pour donner, en passant, une prière du cœur à des confrères aimés ou connus jadis, qui, morts loin de leur patrie, attendent, au cimetière de Rome, l'heure de la résurrection.

Je m'en retournais pensif comme un homme qui vient de remplir un devoir sacré, quand, dans l'allée que je suivais, je vis apparaître, à quelques pas devant moi, une grande dame en noir accompagnée d'une jeune fille maladive et d'un serviteur galonné. Cette dame avait une démarche noble et distinguée. A sa tenue simple, mais soignée, à sa figure aristocratique et recueillie, je reconnus une princesse romaine. Sa fille, qui paraissait avoir quatorze ans, était dotée d'un front large, où rayonnait l'intelligence, et d'une longue chevelure blonde, qui tombait sur ses épaules en boucles luxuriantes. Son domestique portait une magnifique couronne d'immortelles, qui n'attendait que sa destination.

La princesse me reconnut pour un prêtre français et me pria, dans notre langue, qu'elle ne parlait pas trop mal, de lui indiquer l'endroit où était enterré M. l'abbé Crévoulin. Je la conduisis au caveau que je venais de quitter, et, tout en marchant, elle me raconta que son enfant avait fait, trois ans auparavant, sa première communion des mains du saint Père, et que c'était le vénéré sacriste de Saint-Louis qui l'avait préparée à cette grande cérémonie.

En souvenir de ses bontés, qu'elle ne pouvait ni ne voulait jamais oublier, elle venait déposer une couronne sur sa tombe. Je la laissai agenouillée devant cette tombe, et, tandis qu'elle priait avec sa fille, émue comme elle, pour celui qu'elle pleurait depuis quelques mois, je m'acheminai vers la porte du cimetière pour reprendre aussitôt le tramway qui devait me rapporter au cœur de la ville, avant l'*Ave Maria;* car déjà le soleil descendait à l'horizon, le jour baissait, et les ombres s'allongeaient au pied des collines romaines...

... Quelle était cette dame inconnue.

« Qui n'a pas dit son nom, que je n'ai point revue ? » Je l'ignore. Je sais seulement qu'elle avait au cœur le culte des morts, et surtout du saint prêtre qui avait préparé sa chère enfant au mystère eucharistique. Je sais aussi que ce prêtre, qui a laissé à *Saint-Louis-des-Français* des souvenirs ineffaçables de sagesse, de piété, d'austérité, a des âmes amies et reconnaissantes de toutes les classes de la société qui vont parfois, auprès de son sépulcre, prier pour lui et peut-être le prier lui-même.

Que de pauvres Français morts à Rome, qui n'ont la visite de personne au cimetière, sur leur tombe abandonnée ! Pas une fleur, pas un souvenir, pas une prière, à peine une croix de bois bientôt vermoulue, dont les débris se mêlent à leur poussière ! Aussi, comme j'aime la pensée si chrétienne et si charitable de ceux qui, touchés de compassion à la vue de ce délaissement, se rendent au *campo santo*, le 2 novembre surtout, pour porter aux morts inconnus des prières ou des couronnes !

L'abbé Crévoulin n'est certes pas un mort inconnu à Rome, et il sera longtemps de ceux dont on aime à se souvenir, à cause du grand bien qu'il a fait dans sa vie. Cette vie mériterait d'être racontée longuement, et, elle le sera sans doute un jour, car elle peut donner lieu à un beau livre qui serait un vrai parfum d'édification pour les âmes sacerdotales. En attendant qu'elle paraisse, je veux en donner une esquisse qui sera comme le portrait moral d'un saint de notre temps.

A une époque comme la nôtre, où l'on assassine les prêtres dans leur presbytère, où même on les poignarde dans la rue, en France aussi bien qu'en Italie, il est bon de montrer au peuple la physionomie d'un prêtre selon le cœur de Dieu, pour lui apprendre à mieux connaître et à aimer un peu plus l'homme qui n'a qu'un rêve ici-bas : indiquer le chemin du ciel à ceux qui ne le savent pas ou qui l'ont oublié!

L'abbé Crévoulin n'a pas laissé sa photographie à ses héritiers. Il n'a jamais, dans sa vie, consenti à poser devant un appareil. Trouvait-il la chose trop vulgaire dans un temps où l'on a son portrait à tous les âges et dans tous les costumes, et où *l'art photographique* est devenu si populaire? — peut-être bien. J'emploie le mot art, pour faire plaisir à ceux qui aiment le *métier*. — Obéissait-il en cela à un sentiment d'humilité? Je le croirais plutôt. Quoi qu'il en soit, Saint-Louis n'aurait pas d'image de lui si un habile peintre romain[1], qui le connaissait beaucoup et qui ne l'aimait pas moins, n'avait fait de souvenir son portrait après sa mort.

L'artiste l'a représenté dans l'exercice de ses fonctions ordinaires : il sort de la sacristie revêtu du surplis et de l'étole, et il va de son pas tranquille et saccadé vers la *guérite* où il passe une grande partie de sa vie, vers le confessionnal. Il est vivant, palpitant, saisissant!

[1] Gagliardi.

Quiconque le voit, s'écrie : « Oh ! comme c'est bien lui ! » Je serais heureux qu'on pût en dire autant, quand on aura lu les pages suivantes qui vont servir de cadre à mon portrait d'*un Saint de France à Rome*.

II

LA VOCATION

Connaissez-vous la ville d'Apt ? C'est une petite ville qui, comme quelques autres en France, se console de sa petitesse avec son titre de sous-préfecture. Elle fabrique, paraît-il, des faïences curieuses et des confitures exquises ; elle fabrique aussi des saints, ou du moins des saints en herbe ; car c'est elle qui a donné naissance à celui qui va nous occuper.

L'abbé Crévoulin, chapelain et prêtre-sacriste de *Saint-Louis-des-Français*, mort à Rome le 4 avril 1897, est né à Apt en 1816, d'une famille profondément chrétienne et ardemment royaliste. Il disait quelquefois plaisamment : « Sans Louis XVIII, je ne serais pas né. » Cette parole humouristique, recueillie par un de ses confidents intimes, demande une explication.

Son père était un légitimiste passionné, aussi zélé défenseur du trône que de l'autel. Il avait suivi Bonaparte en Italie. Il l'avait vu triomphant dans ses victoires de Rivoli et d'Arcole; mais il n'avait pas subi la fascination de son génie comme tant d'autres, qui trouvèrent le chemin de la gloire en s'attelant au char de sa fortune, ou du moins il ne l'avait jamais aimé. Néanmoins il en reçut des offres ; il ne les accepta pas ; il voulut rester fidèle à son drapeau, et, lorsque le conquérant devint le persécuteur du Pape et de l'Eglise, il se prit à le détester comme un tyran et un monstre.

Sa haine alla si loin qu'il refusa de se marier durant son règne, et cela, pour deux raisons qui nous donnent une idée de son âme de chrétien et de son cœur de royaliste : « Pour se marier, disait-il, il faut faire un contrat civil et un contrat religieux. Or, signer un contrat civil m'obligerait à reconnaître l'autorité de Napoléon, je ne le veux pas ; signer un contrat religieux tel que celui de mon mariage serait une joie pour moi, et tant que le Pape sera sous le joug de l'odieux potentat, je ne puis point m'accorder une satisfaction religieuse. » C'était peut-être pousser un peu loin l'intransigeance de ses principes. Mais il n'était pas rare de rencontrer, sous le régime du premier Empire, des amis du drapeau blanc qui manifestaient de pareils sentiments. Ces hommes au caractère fortement trempé n'avaient qu'un cri : « Vive le Roi ! Vivent les Bourbons ! »

En 1815, M. Crévoulin put pousser ce cri dans l'ivresse de son âme. L'empereur était tombé pour jamais. La Restauration avait ramené les Bourbons, et le comte de Provence remplaçait son malheureux frère sur le trône de France. Louis XVIII régnait : son fidèle serviteur d'Apt pouvait se marier sans scrupule ; il le fit et, l'année suivante il eut un fils, ce fils était notre héros. On comprend maintenant pourquoi il se plaisait à dire quelquefois, dans son entourage : « Sans Louis XVIII, je ne serais pas né. »

Or, il vint au monde le 13 octobre 1816, et le 15 il fut baptisé sous le nom d'André. Il est facile de concevoir l'éducation qu'il reçut au foyer.

« Heureux l'homme à qui Dieu donne une sainte mère ! » a dit Lamartine. La mère d'André répondait noblement à cet horoscope du poète. Elle avait en tout les idées de son mari. Comme lui elle aimait son Dieu et son roi, et avec lui elle s'attacha de bonne heure à inculquer à son fils les principes d'un parfait christianisme et d'un pur royalisme. On devine par conséquent dans quelle atmosphère grandit cet enfant. Aussi, dès l'âge le plus tendre, il montra pour la vertu des dispositions qui ne devaient jamais se démentir. A douze ans, c'est-à-dire en 1828, il fit sa première communion avec les sentiments d'une piété angélique, qui émurent doucement ses parents, et des impressions religieuses qui ne devaient jamais s'effacer de son cœur. Apt avait alors, comme aujourd'hui, un collège communal. C'est là

qu'il fit ses études, avec un amour du travail,
des succès de classe et de notes de conduite
qui le rendirent, sous tous les rapports, un
des meilleurs élèves de la maison.

Aussi, il ne lui fut pas difficile d'affronter
les épreuves du baccalauréat. Il alla les subir
à Nîmes, le 13 août 1835, et le lendemain,
après un brillant examen, il rentrait bachelier
dans son pays. Il avait alors dix-neuf ans.
Qu'allait-il devenir? Quelle était sa vocation?
Quelle serait sa carrière? Il n'hésita pas longtemps. A l'oreille de son âme semblaient
résonner ces paroles de Salomon : « Observez,
mon fils, les préceptes de votre père, et n'aban-
donnez pas les recommandations de votre mère.
Tenez-les sans cesse liés à votre cœur et
attachez-les à votre cou. »

Il écouta ces conseils, et voyant que les
auteurs de ses jours menaient, dans leur foyer,
une vie en quelque sorte religieuse et claus-
trale, il leur dit, un jour : « Je serai digne de
vous, je veux être prêtre. »

Il entra donc au séminaire d'Avignon, où il
devint bientôt l'orgueil de ses maîtres et le

modèle de ses camarades, et, le 6 juin 1845, il montait à l'autel pour célébrer sa première messe. Il avait reçu, la veille, l'onction sacerdotale des mains de Mgr Dupont.

Il était arrivé au comble de ses vœux. Il avait vingt-cinq ans, l'âge des illusions qui mentent souvent, et aussi des promesses qui ne mentent pas. Avait-il alors beaucoup d'illusions? Je l'ignore, mais, dans tous les cas, il n'en eut que de généreuses. Donnait-il beaucoup de promesses? Oui, et nous allons voir qu'avec la grâce de Dieu, et sous les auspices de la Providence, il sut noblement les remplir.

———

III

L'IDÉAL DU PRÊTRE

J'ai rarement vu dans les rangs du clergé séculier un homme qui répondît mieux que l'abbé Crévoulin à l'idéal du prêtre, tel que le rêve l'Eglise, tel que le réclame le peuple.

Qu'est-ce qu'un prêtre? C'est un apôtre de Dieu, un ministre de paix, un conquérant d'âmes. Comme apôtre de Dieu, il le prêche aux petits et aux grands, par l'*exemple* et la *parole*. D'abord par l'exemple. Sa vue est déjà une prédication[1]. Son visage est comme un miroir où les hommes viennent se regarder pour voir où ils en sont de leur ressemblance avec le Christ. Sa tête est un trésor de choses toujours anciennes et toujours nouvelles, où ils vont chercher la lumière qui guide, la force qui soutient, le baume qui guérit. Ses lèvres sont les gardiennes de la science et les dispensatrices de la sainteté. Sa poitrine est comme un tabernacle où dort la divinité qu'il sert, et l'on peut dire, en un mot, que sa personne est comme un *vase sacré* qui renferme tout ce qu'il y a de beau dans le Christ[2].

Mais si sa vue seule est une prédication, sa vie l'est bien encore davantage. Le prêtre ne s'appartient pas; il n'est plus à lui, il est à Dieu, et voilà pourquoi on le voit, comme Jésus,

---

[1] *Eum videre erudiri est.*
[2] *Sacerdos Christi vas omnium.*

bénir les petits enfants, se mêler aux pauvres, consoler les infortunés, s'asseoir même avec les publicains, en un mot imiter le Christ, passer en faisant le bien, et vivre comme les apôtres qui n'ont d'autre famille que le genre humain, d'autres parents que les âmes, d'autre foyer que l'autel.

Il prêche aussi et surtout par la parole. C'est un *diseur de grandes choses*[1], et quand il parle aux masses populaires, c'est pour leur crier, en quelque sorte, les principes du devoir et de l'honneur.

Il est également un ministre de paix. N'est-ce pas lui en effet qui met la paix dans les âmes coupables par l'absolution que lui seul peut donner ? N'est-ce pas lui qui, par ses interventions providentielles, la distribue dans les familles divisées? N'est-ce pas lui qui porte avec le plus d'autorité le sceptre de la conciliation dans les rangs de la société ?

Enfin il est un conquérant d'âmes. A ce titre, sa prière la plus chaude est toujours celle-ci, quand il est à genoux devant Dieu :

[1] *Dictor rerum magnarum* (Saint Augustin).

« Seigneur, ce que je demande, ce n'est pas le plaisir qui enivre, ce n'est pas la fortune qui éblouit, ce n'est pas la gloire qui fascine ! Ce que je veux, ce sont des âmes ; ce que j'ambitionne, ce sont des âmes ; ce que je rêve, ce sont des âmes. » Et, quand ses vœux sont frustrés, il se prend à pleurer comme un héros terrassé mais invincible, et parfois de ses larmes, qui sont le sang de son âme, s'échappe une source de vie qui entraîne dans son cours vers l'éternité des âmes conquises à jamais !

Voilà le prêtre tel que le fait le catholicisme : Voilà sa vraie physionomie prise comme par un *instantané*. Or, dans cette physionomie il n'y a pas un trait qui ne convienne à notre héros : l'abbé Crévoulin fut, toute sa vie, dans toute la force de ces mots, un *apôtre de Dieu*, un *ministre de paix*, un *conquérant d'âmes* !

Il commença son ministère à titre de vicaire, en 1841, dans la paroisse de *Baumes-de-Venise*[1], chef-lieu de canton de l'arrondissement d'Orange. Mais il n'y passa qu'un an, assez

---

[1] Bourg de 1.490 habitants, auprès des montagnes et sur la Salette, affluent de l'Ouvèze.

cependant pour y laisser le souvenir d'un prêtre accompli.

Après cela, nous manquons de dates pour le suivre·pas à pas dans sa carrière; mais nous le retrouvons un peu plus tard à Avignon, où il fonde la maîtrise de la cathédrale et où il donne, par cette création, la mesure de son zèle pour la gloire de Dieu. En 1849, nous le voyons grand-maître des cérémonies au concile qui se tient dans la ville archiépiscopale, et en 1851, n'ayant pas encore trouvé sa voie, il part pour l'Italie. Où va-t-il? A Subiaco. Il est aimanté par la vie religieuse; il veut se faire bénédictin, et, pour devenir un vrai moine, pour *l'être jusqu'au cou*, comme tant d'autres, il va étudier la règle de saint Benoît au berceau même de son ordre, dans cette gorge abrupte et sauvage d'où se dégage l'Anio, la rivière qui, sous le nom de *Teverone*, doit plus loin former les ravissantes cascades de Tivoli.

Ce grand saint, dont les macérations nous effraient, que les maîtres de l'art[1] nous repré-

---

[1] Palma le jeune, Paul Véronèse, James Bertrand, Etex, etc.

sentent le plus souvent en prières ou en extase, agenouillé sur la terre nue ou se roulant sur des épines, plaît à sa nature avide d'austérités. Aussi, que de fois, son rosaire à la main, il suivit le *chapelet de couvents*, qui émaillent la montagne de leurs constructions médiévales ! Que de fois aussi il arriva jusqu'au *sacro speco*, la sainte caverne où le grand fondateur vécut pendant trois ans de la nourriture que saint Romain lui faisait passer, au moyen d'une corde à laquelle était attachée une clochette pour servir de signal ! Que de fois il médita sur les vertus sublimes de ce héros, dont l'histoire est belle comme la plus belle des légendes !

Mais, malgré son amour pour la solitude et les enfants de saint Benoît, dont il aurait voulu embrasser la vie, il ne passa que deux ans à Subiaco. Sa santé délicate ne lui permit pas de continuer plus longtemps son postulat, et, malgré les instances que firent les religieux pour le garder, il dut les quitter ; et il alla se fixer à Rome, où il espérait trouver une occupation digne de lui.

Il ne tarda pas à la trouver, et, en 1855, il

fut nommé chapelain de notre église nationale de *Saint-Louis*. Il devait en remplir les fonctions pendant quarante-deux ans, d'abord comme simple chapelain, puis tour à tour comme chapelain à vie, vice-supérieur, économe et sacriste. Il fut plusieurs fois sur le point d'être nommé supérieur, mais il déclina toujours cet honneur. Etait-ce parce qu'il se souvenait du dicton populaire :

Tel brille au second rang qui s'éclipse au premier?

Non, car il avait toutes les qualités requises pour gouverner une communauté de jeunes prêtres voués aux travaux de l'étude et du ministère. C'était plutôt pour obéir aux sentiments de la profonde humilité, qui fut toujours sa grande caractéristique. Il aurait, lui aussi, pu prendre pour devise : « *Plus d'honneur que d'honneurs.* »

S'il rencontra des honneurs sur sa route, c'est qu'ils vinrent vers lui; il n'alla jamais vers eux. En 1857, il devint chanoine honoraire d'Avignon, et plus tard, en 1863 et en 1875, il reçut de deux archevêques le titre de vicaire général. En 1870, il fut le théologien de Mgr Dubreuil, au concile du Vatican. Il était resté attaché à son diocèse et ne fut jamais incorporé à celui de Rome, malgré le long séjour qu'il fit dans la Ville éternelle et à *Saint-Louis*.

On connaît cette intéressante église, fondée par Catherine de Médicis[1]. Les pèlerins français se font un plaisir de la visiter pour en admirer les merveilles et les richesses, et les guides, à leur tour, se font un devoir de la décrire pour en vanter les peintures et les tombes. Ce que l'on connaît moins, c'est la communauté qui dessert l'église, et qui vit à côté dans le palais du même nom.

Cette communauté se compose d'ordinaire de douze chapelains, dont quatre sont nommés à vie, et huit pour trois ans au plus. Les quatre premiers sont le supérieur, le sacriste, l'économe, le bibliothécaire. Les huit autres n'ont pas de charge spéciale, mais tous se livrent à

[1] Voir *l'Église nationale de Saint-Louis-des-Français à Rome*. Notes historiques et descriptives. Beau volume illustré, par Mgr d'Armaillacq, recteur de l'Eglise. 1894.

des travaux théologiques, historiques ou litté-
raires, et la plupart suivent les cours des Uni-
versités romaines pour prendre leurs grades
en théologie ou en droit canonique.

L'une de leurs principales fonctions consiste
à acquitter les intentions de messes qui ont
été laissées de temps immémorial par les fondateurs des *pieux établissements français à
Rome ;* ce qui leur permet quelquefois de
prier pour le repos de l'âme de certains person-
nages bien oubliés de nos jours, mais célèbres
dans l'histoire ; tels, par exemple, Catherine
de Médicis, Henri II, etc. En dehors de l'*Avent*
et du *Carême*, qui sont donnés par des prédicateurs venus de France, ils prêchent à leur
tour le dimanche ; ils chantent à leur tour aussi
la messe et les vêpres, comme le font les
vicaires dans les paroisses.

Après cela, comme ils représentent la France
à Rome, au point de vue ecclésiastique, ils
ont pour habitude — et presque pour fonction
aussi — de recevoir leurs compatriotes, voya-
geurs, touristes ou pèlerins, et de leur donner,
suivant les nécessités du moment, des rensei-

gnements, des conseils, des consolations, comme aussi de les piloter dans leurs excursions, pour leur montrer, ou même leur expliquer les catacombes, les basiliques, les musées, etc.

J'ai lu quelque part un jour, ou entendu raconter, qu'un pape avait jadis accordé des indulgences à quiconque accompagnait les pèlerins dans la Ville éternelle. Si ce privilège existe encore, il faut reconnaître que les chapelains de *Saint-Louis* gagnent, bon an, mal an, beaucoup d'indulgences.

Les Catacombes.

Ajoutons qu'ils peuvent en gagner aussi

tous les jours en exerçant le ministère de la miséricorde auprès des pécheurs, ou celui de la charité auprès des malheureux. Tous, il est vrai, ne confessent pas ; mais tous ont à s'occuper des pauvres. C'est dire les services qu'ils rendent à leurs frères de France en résidence ou de passage à Rome, ainsi qu'aux Romains qui fréquentent leur église.

Qu'on juge d'après cela des services qu'a dû rendre autour de lui l'abbé Crévoulin, durant les longues années qu'il a passées *chez Mᵍʳ Saint-Louis*[1], occupé comme il l'était toujours à confesser, à prêcher, à faire des neuvaines, à diriger des âmes, à guider des pèlerins, à secourir des miséreux, etc.

Nous allons encore mieux le comprendre en pénétrant plus avant dans l'intimité de sa vie de chapelain.

[1] Vieille locution employée pour *Saint-Louis des Français*.

IV

PHYSIONOMIE DU SAINT

L'abbé Crévoulin a passé la plus grande partie de sa vie de chapelain dans les fonctions de *prêtre-sacriste*, et, à ce titre, il a eu toujours d'absorbantes occupations. Car c'est lui que regardaient le service de l'église et de la sacristie, la préparation des fêtes et des cérémonies, la surveillance des clercs, l'ornementation des autels, etc. Il remplissait, en somme, toutes les fonctions curiales, excepté celles qui concernent les baptêmes, les mariages et les enterrements ; car depuis longtemps déjà Saint-Louis n'est plus une église paroissiale. Mais surtout, — et c'était là son travail de tous les jours et parfois de tous les instants — surtout il confessait ; il était *l'apôtre du confessional.*

Tous les matins, après sa messe, il passait quelques heures à entendre la confession de ses nombreuses pénitentes françaises ou romaines, et à toute heure de la journée, quand on l'appelait, il se rendait aussitôt à sa chère besogne. Il ne voulait pas qu'on l'attendît ; il pensait que quelques instants de retard pouvaient décourager une âme pressée et la ravir peut-être à sa sollicitude. Le sonnait-on pendant qu'il déjeunait, qu'il écrivait ou qu'il lisait ? il quittait immédiatement son déjeuner, son travail, sa lecture.

Le matin du 20 septembre 1870, lors de la prise de Rome, une bombe italienne tomba près de Saint-Louis et jeta l'émoi dans la maison. Notre abbé continua ses occupations dans l'église — tel Archimède à la prise de Syracuse. — Puis, à deux heures, il sortit tranquillement pour confesser les soldats français blessés à la brèche de *porta pia*.

Aussi qui pourrait dire le nombre d'âmes qu'il a consolées, réhabilitées, purifiées pendant son existence ? Ce nombre est incalculable. Dieu seul le connaît. Que de fois, dans l'après-midi, on voyait un bon petit vieillard sortir de Saint-Louis, la tête légèrement inclinée vers le sol, ou les yeux fixés sur un livre, et s'en aller dans un parfait recueillement vers une destination inconnue ! C'était lui. C'était *don Andrea*, comme l'appelaient ses fidèles. Où allait-il ? Confesser ceux qui ne pouvaient venir à lui, des orphelines, des religieuses, des évêques, des cardinaux. Puis il retournait à son église, et là il reprenait son poste pour confesser ceux qui pouvaient venir jusqu'à lui : des prêtres, des prélats, des pauvres, des princesses, etc.

Ses pénitents habitués étaient toujours sûrs de le trouver dans sa *guérite* ou prêt à y entrer, pour les entendre et les bénir. Il était d'ailleurs, en toutes choses, l'homme du devoir par excellence. Le devoir pour lui était la *pétrification dans la consigne*. Il me rappela souvent ce soldat romain qui gardait une porte à Stabies, quand cette ville fut ensevelie sous la lave du Vésuve. Ce factionnaire aurait pu fuir devant le fléau dévastateur, comme le reste de la population affolée de terreur. Il s'en tint à sa consigne, il resta à son poste de sentinelle, et, quatorze siècles plus tard, quand on fit des fouilles dans la ville incendiée, on le trouva *pétrifié* dans son armure de fer, laissant au monde étonné une belle image du devoir accompli, dans une circonstance tragique. L'abbé Crévoulin ne comprenait pas le devoir autrement. Il remplissait toutes ses obligations sacerdotales avec une ponctualité digne d'admiration, et il faisait tous ses exercices spirituels tels que la méditation du matin, la récitation du bréviaire, la visite au Saint-Sacrement, avec une scrupuleuse exactitude et une régularité irréprochable.

Un jour, un ancien chapelain de Saint-Louis, qui avait quitté Rome depuis plusieurs années, étant revenu dans la Ville éternelle pour y passer quelques jours de vacances, va frapper à sa porte pour lui faire une visite de politesse ; il entre et s'avance aimablement vers lui pour lui présenter ses hommages : « Ah ! c'est vous, lui dit le saint homme, comme s'il l'avait rencontré la veille, vous le voyez, je dis mon office ; » ce qui signifiait : « Je ne puis vous recevoir. » Un autre aurait dit sans doute : « Attendez un instant, je suis à vous, » et aurait continué son bréviaire jusqu'au moment où il aurait pu s'arrêter sans inconvénient. Mais lui n'entendait pas la chose ainsi, il poursuivit sa prière, et le visiteur, quelque peu vexé, sortit en lui lançant ce petit trait : « Je comprends ; on est mieux avec le bon Dieu qu'avec ses ministres, » mais il ne put s'empêcher *in petto* d'admirer dans ce prêtre l'amour de la règle et de la consigne.

On voit aisément d'après cela que l'abbé Crévoulin prêchait Dieu à toute heure, autour de lui, par l'*exemple*, pour répondre à l'idéal que j'ai ébauché plus haut. Il le prêchait aussi souvent par la *parole*. Il parlait à merveille la langue italienne qu'il avait apprise surtout par la pratique, et, durant de longues années, il ne se passa pas de semaines qu'il ne donnât une ou plusieurs instructions aux gens du quartier, dans l'oratoire du *Sauveur*[1] à côté de *Saint-Louis*. Là, il célébrait par des

---

[1] Cet oratoire se trouve dans la petite rue qui longe l'église de Saint-Louis et conduit à la place *Madame*. Il fait partie du palais *Madame*, aujourd'hui palais du Sénat.

neuvaines, des cérémonies, des bénédictions, toutes les dévotions qui sont chères aux âmes pieuses. Il y en a quatre surtout pour la propagation desquelles il était infatigable : celles de saint Joseph, de la Madone, du Sacré-Cœur, des âmes du Purgatoire. Aussi c'est avec un zèle de véritable apôtre qu'il parlait à ses fidèles, dans les réunions du soir, pendant les mois de mars, de mai, de juin et de novembre. Sur la couverture de la plupart de ses manuscrits, sur ses notes de retraite, sur la première page de ses livres, se trouve presque toujours ces trois mots écrits tantôt en français, tantôt en italien : *Jésus, Marie, Joseph ; Gesu, Maria, Giuseppe*. C'était, en quelque sorte, sa signature, sa devise, son cri. Il avait, comme les saints, un amour de bienveillance et de préférence pour Jésus qu'il étudiait surtout dans le tabernacle et sur la croix, et pour Marie une tendresse indicible : il ne sortait jamais de sa chambre sans baiser une image de Notre-Dame-de-la-Salette, qui gardait sa porte, et, quand il parlait de la Madone dans ses conférences du *Salvatore*, il mettait parfois dans sa parole pieusement convaincue des larmes qui émouvaient son auditoire.

Quant à saint Joseph, il l'aimait d'un amour tout particulier qui s'est traduit plus d'une fois d'une façon naïve : il lui écrivait comme un enfant, quand il voulait obtenir de lui une grande grâce. Il ne se contentait pas de l'aimer pour son propre compte et dans l'intime de son cœur ; il voulait à tout prix le faire aimer de tout le monde : il aurait volontiers crié son nom sur les toits. Il le prêchait sans cesse, et toujours avec une onction pénétrante. Il désirait, comme il l'a écrit et comme il l'a dit, dans un charmant néologisme qui lui fait honneur, *Josephiser les cœurs*. Avant de mourir, il essayait de chanter, il murmurait au moins le *Te Joseph celebrent*. Le dernier mot qui vint échouer sur ses lèvres blêmies, avant son dernier soupir, fut celui du grand patriarche. Jusqu'au moment suprême, son cœur eut pour lui des palpitations d'amour et de reconnaissance.

Du reste, voici quelques mots tombés de sa plume que je glane çà et là dans ses notes de retraite et qui nous feront mieux connaître et le fond de son âme et le caractère de sa dévotion.

Retraite de 1855: « Cette expression italienne: *dare gusto à Dio* me semble renfermer, dans une formule brève, le tracé de mon devoir pendant les jours qui me restent sur cette terre. Dans mes paroles, mes pensées, mes actions et mes omissions que je sois modifié de toute sorte; que je *donne du goût à Dieu*. Marie immaculée, vous pouvez opérer ce miracle ; je vous demande de me faire accepter cette résolution, et je vous le demande au nom de votre chaste époux Joseph, sous la protection de qui vous savez que je suis placé! »

Plus loin, il ajoute : « Aimer ce qui a rapport à saint Joseph, ses livres, ses images, son nom, ses fêtes, son mercredi... etc. Propager la dévotion de saint Joseph et surtout celle de son admirable cœur. »

Ailleurs, il écrit ceci: « Je suis résolu, avec la grâce de Dieu, à me jeter dans le cœur de saint Joseph. Je ne tourne plus la tête en arrière. Adieu à la gloire, j'aime et je veux

La Salette.

l'humilité. Adieu aux biens de ce monde, j'aime et je recherche les détachements et les peines. Adieu aux plaisirs, j'aime et je recherche les souffrances. »

Après ces déclarations, on devine sans peine que notre héros fut, à l'exemple des grands pénitents, un *amant de la mortification*. Il observait toujours, même malade, les lois du jeûne et de l'abstinence avec une rigueur qui, tout en les édifiant, stupéfiait parfois ses confrères, et dans son particulier il se livrait encore à des macérations qui nous montrent le prix qu'il attachait à l'expiation par la pénitence. Après sa mort on a trouvé dans ses tiroirs des cilices, des cordes, des disciplines, le tout marqué de taches de sang. Dans sa chambre, il n'a jamais voulu supporter une descente de lit. Pendant trente-deux ans, il a couché sur la même paillasse, sans permettre qu'on la retouchât une fois. A Subiaco, il avait vu saint Benoît se faire un lit avec des ronces

1 A Subiaco et à Assise les religieux montrent toujours aux pèlerins l'endroit ou saint Benoît et saint François se roulèrent dans les épines pour dompter leur chair, au moment d'une tentation.

à Assise, saint François s'en faire un avec des épines ; au Golgotha, Jésus mourir sur le lit de la croix ; il pensait n'imiter que de loin les grands maîtres de la vie chrétienne, en dormant sur la dure.

Il faut dire à ce propos qu'il fit dans sa vie, et dans un esprit de pénitence, tous les grands pélerinages du monde catholique. Je ne nomme que les plus célèbres. Il visita tour à tour Jérusalem, Compostelle, Assise, Lorette, la Salette, Lourdes, et partout où il passa, il laissa le souvenir d'un homme austère, qui n'accorde rien aux caprices de l'imagination, mais qui dompte en tout les fantaisies de la nature. Partout il édifia ses compagnons de route, non seulement par la simplicité de ses mœurs, mais aussi et surtout par la sévérité de ses habitudes.

Un jour, c'était en 1895 — notons, en passant, qu'alors il avait soixante-dix-neuf ans — il part pour Avignon, où il désire, avant de mourir, revoir sa sœur, carmélite dans cette ville. A cause de son grand âge, il prend avec lui comme compagnon un neveu, son confrère à Saint-Louis. Son voyage, qui doit se faire sans arrêts, durera de vingt-cinq à trente heures au moins. Que faire tout ce temps dans le train ? En pareil cas, la chose est bien connue, les uns fument, les autres dorment, d'autres enfin causent avec leurs voisins. Que pensez-vous que fait notre pèlerin ? Va-t-il fumer ? Allons donc ! quoique habitant depuis quarante-quatre ans Rome où les prêtres et les prélats fument assez volontiers, il n'a jamais touché un cigare de sa vie. Va-t-il dormir ? Pas davantage. *On ne dort pas quand on a tant d'esprit... religieux.* Va-t-il au moins causer ? La chose lui paraît frivole ou du moins inutile : il n'adresse pas, paraît-il, plus de cinq ou six paroles à son *socius*, tout le long du voyage. Alors, que fait-il ? Il prie et il médite. Tant que dure la nuit, il égrène son rosaire, et, dès que le jour apparaît, il récite son bréviaire, ou fait une pieuse lecture. Arrivé à Avignon, il demande à dire la messe chez les Carmélites et, aussitôt après, vers onze heures, sans prendre la moindre réfection, il se met au confessionnal jusqu'à midi, pour donner des conseils de direction aux religieuses, et pour parler de Dieu avec sa sœur *la Scholastique*, dont il est le *Benoît* pour le moment.

A midi, il entend la cloche du monastère qui sonne l'*Angelus* et l'heure du repas : il a l'habitude de tout suspendre au son de la cloche, et il se rend à sa voix, qui pour lui est celle de Dieu, et ce n'est qu'alors qu'il consent à prendre un peu de nourriture pour se restaurer après les fatigues de sa longue pérégrination.

Est-ce que ce trait ne paraît pas emprunté à la vie des moines de la primitive église, des ermites de la Thébaïde, ou même de ces anciens *thérapeutes* qui, nous dit Fleury, voués à la prière, au travail, et à la contemplation, ne mangeaient que du pain et seulement le soir ? Dans tous les cas, il dénote dans ce vieillard presque octogénaire une trempe de caractère peu commune, qu'à l'époque où nous sommes on trouverait bien difficilement, même chez un prêtre encore jeune. Aussi je commence maintenant à saisir un peu le sens d'un mot qu'on a découvert dans ses papiers, au milieu de ses résolutions de retraite, et qui, à première vue, paraîtrait plus qu'étrange, s'il n'était pas accompagné d'un petit commentaire.

C'est un de ces mots bizarres comme il s'en rencontre quelquefois dans les écrits des solitaires du désert, ou des fondateurs d'ordre : Le voici : « *Vis-à-vis de Dieu, je voudrais être comme un chameau.* » Ne rions pas ! Car ce désir de notre héros pourrait donner lieu à un bel éloge de son âme. Qui ne sait, en effet, qu'en *iconographie*, le chameau est l'emblème de l'obéissance et de la sobriété ? En *blason*, il symbolise les longs voyages, le courage et la piété. Enfin, *l'histoire naturelle* nous apprend qu'il appartient à la famille des ruminants, et la rumination signifie la méditation dans le langage des auteurs de la vie spirituelle.

Cela posé, qui ne voit que l'abbé Crévoulin avait toutes les qualités de l'animal symbolique auquel il voulait ressembler pour plaire à Dieu. Je n'ai encore rien dit de sa foi ; mais elle fut inaltérable, et par suite son *obéissance* aux dogmes de la Religion, aux lois de l'église, aux leçons du pape, fut toujours exemplaire. Sa *sobriété* était proverbiale. Le trait que je

viens de raconter plus haut peut nous en donner une idée. Ses *longs voyages*, ou plutôt ses
longs pèlerinages, je les ai mentionnés sans
les décrire, parce que « qui ne sut se borner
ne sut jamais écrire ». Son *courage*, il l'a
montré dans sa lutte de tous les jours pour la
vertu et dans sa recherche des souffrances et
des macérations. Sa *piété* nous est amplement
connue. Quant à son amour pour la *méditation*,
il ressort de ces pages dans lesquelles j'ai
voulu, comme je l'ai déjà dit, encadrer son
auguste physionomie.

Il semblait toujours *ruminer* des pensées
mystiques et poursuivre, même en marchant,
un idéal surnaturel.

Il ne prenait jamais de récréation. Quand il
allait de sa chambre ou de la sacristie au
réfectoire, ou qu'il se levait de table pour
retourner chez lui, il roulait toujours dans ses
mains de petits ouvrages qui étaient d'ordinaire
des traités de méditation ou des livres de prière,
pour y prendre, au vol, une sentence chrétienne,
une réflexion pieuse, une oraison jaculatoire.
C'est dire qu'il avait merveilleusement réalisé

le rêve singulier qu'il fit un jour de ressembler au chameau devant Dieu. C'est dire aussi qu'il vivait perpétuellement en présence de ce Dieu pour lequel il aurait donné et sa vie et son sang, et auquel de bonne heure il avait consacré et son âme et son cœur.

Par là, il avait aussi réalisé la recommandation suivante, qu'il avait trouvée dans un manuscrit du moyen âge et qu'il aimait à citer :

> Li cuers doit estre
> Semblant à l'encensier
> Tout clos envers la terre
> Et overs vers le ciel !

Son cœur était en effet complètement détaché des choses d'ici-bas ; il n'avait d'ouverture que du côté des régions d'en haut, et il donnait à ceux qui ont pu l'étudier de près l'idée d'un encensoir, d'où ne s'échappaient que des prières ferventes pour monter vers le ciel, et des pensées édifiantes pour embaumer ses frères.

———

V

LA FIN

Cet encensoir devait s'éteindre le 4 avril 1897.

Au 13 octobre 1896, l'abbé Crévoulin était entré dans sa quatre-vingt-unième année. Déjà sa santé déclinait. Ses forces s'amoindrissaient de jour en jour, et, malgré tout, il voulait encore suivre la règle de la maison et continuer sa vie de prière et de pénitence. Quelques mois auparavant il avait, sans le demander bien entendu, reçu la dispense de l'office divin, et, quand il apprit cette nouvelle désolante pour lui, il se mit à pleurer. « Comment, s'écria-t-il, on me dispense du bréviaire, alors que j'ai tant besoin de prier ! »

Il avait toute sa vie fait des sacrifices spontanés de tout genre ; mais celui-là lui coûta beaucoup. Il se vengea d'un privilège qu'il n'avait pas désiré en murmurant plus de rosaires que jamais, et en adressant de plus fréquentes prières à la Madone et à saint Joseph.

Il ne garda le lit que huit jours, et il passa cette octave de souffrances dans la plus parfaite sérénité, car il devait mourir comme un prédestiné. Dès qu'on apprit sa maladie, on accourut de partout pour en connaître les péripéties..... Le cardinal-vicaire, qui l'avait en très haute estime, faisait prendre de ses nouvelles trois fois par jour. Il l'autorisa à entendre la messe dans sa chambre ; mais lui, se trouvant indigne de cette faveur, la refusa toujours. D'ailleurs, chaque fois qu'il en fut question, il répondit qu'il allait se lever et qu'il irait à l'église pour célébrer le saint sacrifice.

Or, il ne devait plus se lever : il dut renoncer à cette consolation. Il était tellement l'ami ou l'esclave de ses devoirs qu'il aurait voulu, si la chose avait été possible, les tous remplir jusqu'à ses derniers moments. Ne le pouvant pas, cloué qu'il était sur son lit de douleur, il prenait sa revanche, en confessant et en prêchant encore. Qui confessait-il ? La sœur garde-malade qui l'assistait, ou du moins il lui faisait de temps en temps une morale, comme s'il avait dû la diriger encore. A qui prêchait-il? A cette même religieuse, ou du moins il lui parlait, comme s'il avait dû lui adresser une pieuse exhortation.

Puis, comme s'il eût été à sa place au chœur, ou dans sa chapelle au *Sauveur*, il entonnait de loin en loin un psaume ou un cantique en l'honneur de ses patrons privilégiés. Il avait peut-être rêvé d'être frappé à mort en chaire ou au confessionnal, comme certains prédicateurs et quelques confesseurs qui ont eu cette gloire. Ne pouvant l'avoir dans la mesure de ses désirs, il voulut au moins jouir de la douce illusion de rendre son âme à Dieu dans l'exercice de ses chères fonctions.

Le général Ducrot, mourant assisté de sa fille, qui était un ange de piété, et réconforté par les bénédictions de l'Eglise, souleva son bras hors de sa couche comme s'il eût encore voulu brandir son épée des batailles et rendit le dernier soupir, en s'écriant : « En avant, marche! » C'était là la mort d'un héros chrétien.

Celle de l'abbé Crévoulin fut la mort d'un vrai saint. Quelques jours avant sa fin, le saint

Général Ducrot.

Père lui envoya la bénédiction apostolique, et pour la recevoir il voulut se confesser. La veille du grand jour, ayant entendu sonner l'*Angelus*, il dit au médecin qui l'assistait : « Docteur, l'*Angelus*, disons-le ensemble, » et il le récita avec sa piété ordinaire. Enfin, à l'heure suprême, quelques instants avant que la mort ne vînt glacer ses lèvres, il voulut, pour la dernière fois, nous le savons déjà, essayer encore de chanter le *Te Joseph celebrent*. Il ne put articuler que les premières syllabes de ce cantique qu'il avait tant aimé, et il s'endormit doucement du sommeil des justes.

C'était un dimanche — le dimanche de la Passion — pendant la grand'messe de dix heures qui se disait pour lui. Il y a là trois particularités providentielles qu'il faut signaler en passant : mourir un dimanche, un jour du Seigneur, fut peut-être, pour notre saint, une grâce qu'il avait demandée au bon Dieu. « Quand je mourrai, Seigneur, que ce soit un dimanche ! » a dit un poète.

Terminer sa passion douloureuse au jour

même qui nous rappelle celle du divin Sauveur fut peut-être une autre grâce pour lui, qui, si souvent dans son existence, avait médité les souffrances de son Rédempteur. Enfin, expirer pendant que les orgues de Saint-Louis accompagnaient les chants de ses frères dans une église dont il était en quelque sorte l'une des colonnes vivantes et dans laquelle tous les fidèles le cherchaient encore des yeux, en s'associant aux prières qu'on faisait pour lui, n'était-ce pas, pour son âme, le prélude de sa gloire et de son bonheur.

Sa mort fut un deuil pour les membres de la communauté, comme pour ceux de l'administration de Saint-Louis, pour le personnel de l'Ambassade près le Saint-Siège, comme pour toute la colonie française de Rome. Ses obsèques furent ce qu'elles devaient être, touchantes, solennelles, imposantes.

Lorsque son cercueil sortit de l'église pour être conduit à *Saint-Laurent*, il se produisit autour du char funéraire qui le portait une explosion de respect attendri qui ne surprit personne : les pauvres, les femmes, les vieillards, le couvrirent de baisers mêlés de larmes. Cette manifestation spontanée valait mieux pour sa mémoire qu'une cargaison de ces fastueuses couronnes dont on abuse tant aujourd'hui sur la bière des morts.

Sa mémoire restera à Saint-Louis, à Rome et en France, et partout elle sera entourée d'une auréole de vénération : *cujus memoria in benedictione est*[1]. Car il laisse à tous ceux qui l'ont connu le souvenir d'un prêtre modèle. Le cardinal-vicaire disait, après sa mort : « Avec cinq prêtres comme lui, je réformerais Rome. » Cette parole est tout un panégyrique. Elle nous révèle tout le bien qu'à dû faire l'abbé Crévoulin autour de lui, soit avant, soit après 1870.

Pendant quinze ans, il a vu les splendeurs de la Rome pontificale, et pendant vingt-sept ans les tristesses de la Rome italienne. Dans la première période, il a joui, en fils aimant de l'Eglise, des triomphes de la papauté, à l'occasion de la proclamation de l'Immaculée-Conception de la sainte Vierge et de l'Infailli-

[1] Eccl., 45, I.

bilité pontificale, et d'un grand nombre de canonisations de saints ; dans la seconde, il a gémi, en catholique navré, sur la captivité de plus en plus dure du vicaire de Dieu, qui n'est plus sorti du Vatican, et sur la désolation de la Ville éternelle, qui semble, hélas ! se paganiser de nouveau. Il a longtemps espéré, tout en travaillant au salut des âmes et à la gloire de Dieu, un retour à l'ancien régime, une restauration du pouvoir temporel, une revanche de l'histoire : mais il a dû s'endormir dans la tombe sans voir l'aurore rêvée se lever sur les sept collines. Puisse-t-il, bientôt, du haut du ciel, contempler la victoire qui faisait l'objet de ses grands désirs ! Puisse-t-il, surtout, la hâter par ses prières !

Je me persuade qu'alors, dans le fond du caveau des chapelains de Saint-Louis, au cimetière de Rome, son ombre endormie se réveillera pour applaudir au triomphe !

J'ai lu, un jour, sur un vieil homme de guerre, l'histoire suivante, qui va, pour mon travail, me donner le mot de la fin.

C'était un compagnon d'armes de Napoléon Ier.

Après la grande épopée de l'Empire, il sentit venir la mort, à l'heure où notre patrie payait bien cher ses vitcoires, en cette année terrible de 1815, où les armées des nations coalisées contre nous campaient sur le sol français. Le vieux guerrier appelle sou ordonnance, un autre brave qui l'avait accompagné dans ses campagnes et qui le servait encore dans ses derniers jours : « Jean, lui dit-il, je vais mourir. — Mais, mon Général... — je vais mourir te dis-je ; ne perdons pas de temps et promets-moi de faire ce que je vais te dire. — Oui, mon Général. — C'est bien : voici ma canne à pomme d'or ; je te la donne. Souviens-toi de ceci : quand les ennemis auront quitté le territoire, tu viendras sur ma tombe ; tu frapperas trois coups du pommeau de la canne ma pierre sépulcrale, et tu diras d'une voix forte : « Mon Général, ils sont partis, » je t'entendrai, et ce jour-là je me rendormirai plus content... As-tu compris, Jean ? — Oui, mon Général. — Alors, merci et adieu : c'est tout ce que je voulais te dire. » Et quelques mois après, la France ayant reconquis sa liberté, l'humble soldat allait fidèlement, de sa canne à pommeau d'or, frapper trois coups sur la tombe de son maître...

J'ai hérité d'un vieux bréviaire de l'abbé Crévoulin. Il s'en est servi assez longtemps, — on le comprend aux traces qu'ont laissées ses doigts sur un grand nombre de pages brunies. — Avec ce livre, il a récité son office de tous les jours. Avec lui, il a prié souvent pour l'Eglise et pour la France, pour la patrie de son âme et la patrie de son cœur ! Avec lui, maintenant, je prie pour les mêmes saintes et chères causes.

Quand Rome chrétienne aura reconquis sa liberté, quand les Piémontais usurpateurs auront quitté son territoire, je m'armerai de ce bréviaire pour frapper de mes prières la pierre sépulcrale de *notre saint de France*, et je lui dirai d'une voix forte : « Ils sont partis, » et alors il se réveillera pour répondre « bravo » à cette bonne nouvelle, et lui aussi se rendormira... plus content.

FIN

TABLE DES MATIÈRES

OUVRAGES DU MÊME AUTEUR

EN VENTE

Souvenirs de la Vie épiscopale de N. S. P. le Pape Pie IX à Spolète, traduit de l'Italien, 1 vol. Rome, 1877.

Un Épisode de la Commune à Ménilmontant, broch. Montauban, 1879.

Histoire intime de Jean de Rochevieille, 1 vol. in-12, 420 p. Tours, Cattier. — Prix, 2 fr. 50.

Un Pèlerinage au Pays de saint François, broch. Montauban, Forestié, 1882.

Les Larmes, broch. Namur, Godenne. 1884.

Les Troubadours, poème. Montauban, Forestié, 1885.

Les Vertus théologales, poème. Montauban, Forestié, 1886.

Une Plume, un Pinceau et une Croix, 1 vol.; illustré in-8°, 120 pages. Tours, Cattier. — Prix, 1 fr.

A Notre-Dame de Lourdes, 1 vol. petit in-8° elzévirien de 400 p. Namur, Godenne, 1886.

Histoire populaire du Pape Léon XIII, 1 vol.; illustré in-8°, 208 p. Tours, Cattier. — Prix, 2 francs.

Élisabeth de Prades, 1 vol. in-8° de 208 p. Tours, Cattier. — Prix, 2 francs.

La France, Rome et Lourdes, poème, grav. de Boumard, 1889.

Une Mosaïque de Pensées, 1 vol. elzévirien de luxe de 150 p. Namur, Godenne, 1889.

Les Mémoires d'une Hirondelle, 1 vol.; illustré in-8° de 120 p. Tours, Cattier. — Prix, 1 franc.

La Mère Thouret, fondatrice des Sœurs de la Charité sous la protection de saint Vincent de Paul, 1 vol. in-8° de 600 pages. Rome, Imprimerie vaticane, 1892.

Petit Manuel des Pèlerins à N.-D. de Lourdes, 1 petit volume de 102 pages. Montauban, 1892.

A la Veillée, histoires et légendes, 1 volume in-8° elzévirien de 356 pages. Liège, 1894.

Le Cœur de Jeanne d'Arc, poème avec grav. Montauban, 1895.

Les grandes Figures chrétiennes de la Sorbonne, 1 volume in-4° avec portraits de 300 pages. Grammont, 1896.

Rome nouvelle, 1 volume in-12 de 465 pages. Tours, Cattier. — Prix, 3 francs

Deux Martyres au XIXᵉ siècle, 1 vol. in-8° de 240 p. Montauban, 1896.

Mᵐᵉ Gényer, fondatrice des Sœurs de la Miséricorde de Moissac. 1 vol. in-8° de xvi-426 p. Paris, Téqui, 1898.

Un Ange d'Italie à Naples. — Un Saint de France à Rome, 1 vol. in-8° de 120 p. Tours, Cattier. — Prix, 1 franc.

III, 98. — Tours, imprimerie Deslis Frères, 6, rue Gambetta.

www.ingramcontent.com/pod-product-compliance
Ingram Content Group UK Ltd.
Pitfield, Milton Keynes, MK11 3LW, UK
UKHW020214130726
13696UKWH00002B/904